Quarteto **MÁGICO**

Murilo **RUBIÃO**

José **J. VEIGA**

Campos de **CARVALHO**

Victor **GIUDICE**

ORGANIZAÇÃO Miguel Conde

Quarteto **MÁGICO**

Murilo
RUBIÃO

José
J. VEIGA

Campos de
CARVALHO

Victor
GIUDICE

autêntica

EDITORA RESPONSÁVEL
Maria Amélia Mello

EDITORAS ASSISTENTES
Cecília Martins
Rafaela Lamas

REVISÃO
Lívia Martins

CAPA
Diogo Droschi
(sobre imagem de Svetlana.Is/Shutterstock)

DIAGRAMAÇÃO
Guilherme Fagundes

Dados Internacionais de Catalogação na Publicação (CIP)
(Câmara Brasileira do Livro, SP, Brasil)

Quarteto mágico / Murilo Rubião... [et al.] ; organização Miguel Conde. --1 ed. -- Belo Horizonte : Autêntica Editora, 2018.

Outros autores: José J. Veiga, Campos de Carvalho, Victor Giudice.
ISBN 978-85-513-0386-3

1. Contos brasileiros 2. Escritores brasileiros 3. Literatura fantástica brasileira I. Rubião, Murilo, 1916-1991. II. Veiga, José J., 1915-1999. III. Carvalho, Campos de, 1916-1998. IV. Giudice, Victor, 1934-1997. V. Conde, Miguel.

18-15141 CDD-869.3

Índices para catálogo sistemático:
1. Contos : Literatura fantástica : Literatura brasileira 869.3

Maria Alice Ferreira - Bibliotecária - CRB-8/7964

GRUPO **AUTÊNTICA**

Rio de Janeiro
Rua Debret, 23, sala 401
Centro . 20030-080
Rio de Janeiro . RJ
Tel.: (55 21) 3179 1975

Belo Horizonte
Rua Carlos Turner, 420
Silveira . 31140-520
Belo Horizonte . MG
Tel.: (55 31) 3465 4500

São Paulo
Av. Paulista, 2.073,
Conjunto Nacional, Horsa I
23° andar . Conj. 2310-2312
Cerqueira César . 01311-940
São Paulo . SP
Tel.: (55 11) 3034 4468

www.grupoautentica.com.br

Quatro formas de ser estranho

Miguel Conde

Dos quatro autores reunidos neste livro, pode-se dizer que são todos estranhos, ainda que cada um à sua maneira. Considere os personagens que se encontram nas páginas a seguir: um sujeito que compra um apito para controlar o trânsito dos pedestres debaixo da sua janela, uma senhora atropelada que estoura "como papo de anjo", um coelho que vira homem e um homem que vira um arquivo de metal. Pondo logo de saída as cartas na mesa, cabe a advertência: não se espante, leitor, se estas histórias fugirem aos bons costumes da verossimilhança, da medida justa da expressão ou da sequência certeira de episódios que costumamos atribuir às histórias "bem-amarradas". Melhor aqui pensar naquele parafuso meio solto que leva algumas histórias à vizinhança do absurdo e do disparate, aos detalhes extravagantes e tipos bizarros, aos silogismos em que premissas e conclusões estão sempre fora de lugar.

"Loucura sim, mas tem seu método", como Polônio diz do angustiado príncipe Hamlet na tragédia de Shakespeare. Pois o flerte com a desrazão não dispensa aqui o manejo certeiro da matéria ficcional. Aliás, pelo contrário: a precisão talvez se faça mais necessária no trato com aquilo que contraria de maneira flagrante as normas do senso comum, para que se possa atingir o efeito peculiar de aproximação entre o extraordinário e o corriqueiro que é um traço comum a esses autores.

Se tivéssemos que procurar uma divisa para a curiosa família literária que se reúne nas páginas deste volume, poderíamos recorrer à obra de um de seus integrantes: "Aos dezesseis anos matei meu professor de lógica. Invocando a legítima defesa — e qual defesa seria mais legítima? — logrei ser absolvido por cinco votos contra dois, e fui morar sob uma ponte do Sena, embora nunca tenha estado em Paris".

A inesquecível abertura do romance *A lua vem da Ásia* (1956), de Campos de Carvalho, fica valendo aqui como uma confissão de culpa coletiva. Assim como o narrador do escritor mineiro, cujo *non sequitur* vale por toda uma declaração de princípios do autor, também Murilo Rubião, José J. Veiga e Victor Giudice podem ser considerados assassinos convictos das leis do raciocínio lógico. E antes que alguém pergunte se não é isso afinal que fazem todos os autores de ficção, lembremos que as narrativas ficcionais têm sua forma própria de racionalidade. Uma história não é apenas um ajuntamento aleatório de episódios, mas também uma cadeia de inferências de causa e efeito: há de haver um motivo, uma razão, para que uma coisa vá dar na outra. Em sua *Poética*, Aristóteles asseverou que as piores histórias são aquelas ditas "episódicas", sem nexo visível entre seus diferentes acontecimentos.

Pedimos licença ao filósofo grego para sugerir, pelo contrário, que na fatura desconjuntada dessas histórias reside boa parte de sua graça. Loucura com método, capaz de construir com rigor a impressão de coisa aleatória, subvertendo com sagacidade as expectativas do leitor. As razões que fazem uma coisa "dar na outra" nem sempre serão aqui evidentes. A falta de nexo entre os acontecimentos imbui estes contos de uma atmosfera de enigma. O leitor talvez se veja tentado a solucionar esse mistério buscando algo que a história quer dizer por detrás de seu ostensivo despropósito. Querer adivinhar o que está "por detrás" dessas histórias, porém, é já em alguma medida perdê-las de vista. Sua força deriva da capacidade de tornar palpável o mundo misterioso que inventam. Ele deve se impor ao leitor com a clareza de uma evidência: a usina atrás do morro que perturba a rotina de uma pequena cidade, o pirotécnico morto-vivo que vai farrear com seus atropeladores, o hotel em que a cada dia uma nova restrição é feita aos hóspedes. Por mais que se possa tomá-los em chave alegórica, sua existência se grava na mente do leitor com uma concretude que não se deixa traduzir de todo numa "mensagem" do autor.

"Estranho", como se sabe, é um termo relativo. No caso da literatura brasileira, o reverso "normal" das veredas estranhas trilhadas neste livro é a escrita realista de crítica social. É verdade que também em outros países o disparate e o *nonsense* constituem quase que por definição exceções, não a regra, da criação ficcional. Mas, para além de se aventurarem por gêneros ditos menores ou heterodoxos, os escritores reunidos aqui tiveram que enfrentar as cobranças adicionais impostas com frequência, num país desigual, àquelas obras que não fincam de maneira evidente um pé no real. Veja-se, por exemplo, como se iniciava a resenha de

A lua vem da Ásia publicada no "Suplemento Dominical" do *Jornal do Brasil* em 17 de fevereiro de 1957: "Em sociedade de desenvolvimento incipiente como a nossa, porém de tão grandes e reconhecidas possibilidades, e que procura afirmar-se enfrentando problemas humanos da maior gravidade, a ambiência mesmo parece opor-se às veleidades de um pessimismo sistemático como o que se professa em *A lua vem da Ásia*".

Não terá sido a primeira nem a última canelada cometida pela nossa crítica literária em sua tentativa de julgar a quente, sem o benefício do tempo e do olhar no retrovisor, aquilo que de fato interessa em meio à torrente caudalosa de tudo quanto sai do prelo para as livrarias. Trata-se, porém, de um caso revelador de um tipo particular de cobrança, que não nega apenas o mérito da obra, mas parece colocar em questão seu próprio direito de existir, dadas as circunstâncias sociais do país em que ela foi escrita. O "pessimismo sistemático" de Campos de Carvalho parecia, ao resenhista, incompatível tanto com os "problemas humanos" quanto com os potenciais brasileiros, como se estivéssemos condenados a oscilar entre a denúncia social e as fantasias ufanistas. Em pleno governo de Juscelino Kubitschek, quando o Brasil vivia o sonho eufórico da própria modernização, o humor negro e absurdo de Campos de Carvalho talvez soasse ainda mais impertinente, fora de lugar. Restou ao impiedoso resenhista elogiar, como mérito único do livro, a "correção gramatical".

Creio que um olhar menos dogmático poderá reconhecer que rejeitar essas cobranças autoritárias quanto àquilo que se deve ou não escrever, num dado contexto social, pode ser em si mesmo um gesto político relevante. O caso de Victor Giudice é exemplar. A dicção anárquica de suas primeiras histórias, publicadas durante a ditadura militar, tem um sentido claro de afronta às convenções morais e estéticas prezadas pelo regime e seus apoiadores. Sem se adequar ao molde da literatura engajada, faz da experimentação formal um gesto libertário, flertando mesmo às vezes com um efeito deliberado de grotesco que produz um contraponto incisivo ao *kitsch* ufanista e edulcorado do discurso oficial daquela época (sob esse aspecto, aliás, não muito distante da nossa). O aparente desalinho da narração se torna assim uma forma de evitar alinhamentos convencionais, de maneira que pode causar estranhamento e incômodo, como vimos no caso do resenhista de *A lua vem da Ásia*.

A incompreensão, algumas vezes, aproxima-se mesmo do humor involuntário. Ao final de um dos contos de Murilo Rubião publicados na *Folha de Minas*, jornal onde o escritor trabalhou como repórter no começo dos anos 1940, o editor Floriano de Paula fez o acréscimo: "Também justamente, nesse momento, eu acordava". Quando Rubião reclamou, o diligente Floriano argumentou que ninguém ia acreditar na história descabida criada pelo jovem autor. Talvez influenciado por esse episódio, o próprio Rubião certa vez conversaria com Fernando Sabino sobre a ideia de escrever uma de suas histórias como se fosse um sonho. Segundo relata o jornalista Humberto Werneck, a resposta veio curta e certeira: "Tira o sonho e escreve o conto". Sabino, que à época dessa conversa tinha ainda 17 anos, foi uma exceção. As reações de estranhamento seriam frequentes na trajetória de Rubião, mesmo entre leitores que reconheciam méritos em seus contos. Mário de Andrade, que leu alguns deles ainda antes de saírem em livro, escreveria ao autor em 1943:

"Fico sempre numa enorme dificuldade de dar opinião para esse gênero de criação em prosa a que estou denominando aqui de baseada no princípio da fantasia [...], porque não entendo muito, nem consigo apreciar totalmente, o gênero a que você se dedicou".

A expressão usada por Mário, "princípio da fantasia", talvez se aplique aos quatro escritores reunidos aqui. Seria o caso de classificá-los como autores de literatura fantástica? O crítico búlgaro Tzvetan Todorov sugeriu num estudo clássico que a literatura fantástica seria marcada por um efeito de incerteza, produzido por algo que se instala entre a concretude do mundo real e a fantasmagoria de um outro mundo. Entre o natural e o sobrenatural, o inusitado e o maravilhoso, se situa de modo instável e ambivalente o fantástico, sob a forma de uma hesitação. Fantástico seria aquele acontecimento a respeito do qual o leitor é levado a indagar o que se passou, sem que se possa decidir entre a explicação natural e a sobrenatural. É o dilema de certas histórias de Edgar Allan Poe, de E. T. A. Hoffmann ou de Guy de Maupassant. Como o próprio Todorov soube reconhecer, porém, no século XX surge um fantástico de outro tipo, que tem na obra do escritor tcheco Franz Kafka sua expressão mais original e importante. Já não se trata aí de uma dúvida quanto à natureza dos eventos relatados na história, mas de uma combinação desconcertante entre o irreal e o ordinário. No dizer do crítico austríaco Günther Anders: "O espantoso, em Kafka, é que o espantoso não espanta ninguém". O mistério não está tanto naquilo que teria "realmente" acontecido, mas no próprio tom de relato rotineiro utilizado pelo narrador para contar as coisas mais inesperadas.

O espanto em segundo grau atribuído por Anders a Kafka — espanto que o espantoso não espante — é particularmente notável na obra de Rubião, desde cedo comparada à do autor tcheco. Também nos contos de Victor Giudice um efeito dessa ordem se faz sentir, embora algumas de suas histórias tenham um espírito mais pronunciado de jogo verbal. A quebra súbita de frases e as montagens descontínuas de palavras ou de pequenas passagens textuais, às vezes repetidas em *looping*, dão à escrita de Giudice uma feição bem mais extravagante do que a da prosa discretamente subversiva de Rubião. Já em Campos de Carvalho, a dúvida sobre o estado mental do narrador sugere algo daquele sentimento de incerteza mencionado por Todorov em seu estudo, levando o leitor a se perguntar repetidas vezes sobre os limites entre os fatos do enredo e as brincadeiras ou delírios de quem conta a história. O efeito de humor e de absurdo, porém, é aí mais importante do que a tensão entre real e sobrenatural. Talvez se pudesse falar numa oscilação de outro tipo, na qual a sensação de falta de propósito da existência se exprime às vezes em chave libertadora, na tendência alegre ao jogo e à brincadeira, e outras vezes num sarcasmo em tom mais sombrio, com um toque de misantropia. A combinação entre esses dois polos é parte do que há de inconfundível no autor. Com suas histórias de comunidades remotas, em que o irreal muitas vezes irrompe como manifestação violenta de tensões sociais latentes, não raro ligadas ao confronto entre o mundo rural e a modernização, José J. Veiga talvez pudesse ser situado em ainda uma outra vizinhança ficcional do fantástico, mais próxima àquilo que se veio a chamar de "realismo mágico". Ainda que ele mesmo, em reação a tais rótulos, insistisse mais de uma vez ser apenas um escritor realista.

A tentativa de classificar pode ser elucidativa, mas corre sempre o risco de sacrificar o singular aos chavões da generalização. Sem ignorar os parentescos literários de nossos quatro autores, talvez não seja ruim insistir na qualificação sugerida de início: são todos estranhos, cada um à sua maneira.

Dos quatro, Campos de Carvalho talvez tenha sido o que mais se manteve *gauche*, fora de lugar no meio literário brasileiro. Morreu cultuado como segredo de iniciados por uma comunidade reduzida de leitores. José J. Veiga experimentou o sucesso de crítica e público já com seu livro de estreia, *Os cavalinhos de Platiplanto* (1959). A ambientação de suas histórias em espaços do interior brasileiro talvez tenha contribuído para isso, por permitir que seu teor de irrealidade fosse assimilado mais facilmente, por analogia aos "causos" tradicionais — comparação feita logo por um de seus primeiros críticos, Assis Brasil. Tendo começado sua trajetória na passagem dos 1960 aos 1970, Victor Giudice encontrou um ambiente de recepção já influenciado pelo ímpeto de experimentação que marcaria a cultura da época, quando prosperava entre nós uma "literatura do contra", na expressão do crítico Antonio Candido. Teve desde cedo uma boa acolhida na imprensa, mas talvez seja hoje o menos lembrado entre os autores reunidos aqui, injustiça que a reedição de seus contos deve ajudar a corrigir. Murilo Rubião, que apesar do reconhecimento da crítica publicou seus primeiros livros em tiragens diminutas, viveria seus dias de *best-seller* nos anos 1970, na carona do sucesso de Gabriel García Márquez, Mario Vargas Llosa, Julio Cortázar e companhia.

Nos números ficcionais da desvairada companhia literária que se apresenta aqui, o improvável pode ser uma forma de falar da rotina, dando a ver o absurdo naquilo que nos acostumamos a considerar corriqueiro. Com seus passos estranhos, cada um tem seu jeito próprio de caminhar na corda bamba entre o prosaico e o delirante. Nem apenas devaneio fantasioso, mas tampouco mera alusão velada ao real, essas histórias se desenrolam num limiar insólito que apaga as fronteiras rígidas entre esses mundos.

Murilo
RUBIÃO

Nascido em 1º de junho de 1916 em Silvestre Ferraz, atual Carmo de Minas (MG), Murilo Rubião folheou seus primeiros livros na biblioteca do pai, o poeta e filólogo Eugênio Álvares Rubião. A *Bíblia* e os livros de Machado de Assis se tornariam suas leituras prediletas e influências declaradas em sua obra. Cursou o secundário e se formou em Direito em Belo Horizonte, onde começou a colaborar com o jornal *Folha de Minas* e a revista *Belo Horizonte*. Nesses dois veículos, publicou seus primeiros contos, uma série de vinhetas cômicas e fantásticas jamais reunidas em livro, tendo como personagem recorrente o "Grão-Mogol", de quem Rubião diria que "alguns acreditavam ter quarenta mulheres e noventa anos; outros, ao contrário, acreditavam que ele tinha quarenta anos e noventa mulheres". Em janeiro de 1945, chefiou a delegação mineira do I Congresso Brasileiro de Escritores, em São Paulo, que contribuiria para a queda, em outubro daquele ano, do Estado Novo de Getúlio Vargas. Depois de anos de seguidas rejeições, em 1947 conseguiu finalmente publicar sua obra de estreia. Lançado pela pequena editora carioca Universal, *O ex-mágico* trazia muitos dos contos hoje mais conhecidos do autor, e foi recebido com elogios por críticos influentes como Sérgio Milliet e Álvaro Lins. Apesar da boa acolhida, Rubião continuaria por muito tempo a ser um "escritor de escritores". *A estrela vermelha* (1953) e *Os dragões e outros contos* (1965), seus dois livros seguintes, teriam tiragens e repercussão modestas. O sucesso de público viria apenas nos anos 1970, com a publicação de *O pirotécnico Zacarias* (1974) e a reedição de suas histórias em antologias da editora Ática. Minucioso, reescrevia suas ficções obsessivamente. Ao morrer, em setembro de 1991, suas obras completas eram compostas de apenas 32 contos, aos quais foi acrescentada postumamente a história "A diáspora". A par de sua produção literária, Rubião teve papel importante como jornalista e editor, tendo sido diretor da Rádio Inconfidência e da Imprensa Oficial de Minas, onde criou, em 1966, o influente *Suplemento Literário*. Amigo de Juscelino Kubitschek, foi seu chefe de gabinete no governo de Minas Gerais. Com ironia e concisão típicas, descrevia seu trabalho de selecionar as demandas encaminhadas ao governador como o de um "filtro da miséria humana".

O pirotécnico Zacarias

E se levantará pela tarde sobre ti uma luz como
a do meio-dia; e quando te julgares consumido,
nascerás como a estrela-d'alva
(Jó, XI, 17)

Raras são as vezes que, nas conversas de amigos meus, ou de pessoas das minhas relações, não surja esta pergunta. Teria morrido o pirotécnico Zacarias?

A esse respeito as opiniões são divergentes. Uns acham que estou vivo — o morto tinha apenas alguma semelhança comigo. Outros, mais supersticiosos, acreditam que a minha morte pertence ao rol dos fatos consumados e o indivíduo a quem andam chamando Zacarias não passa de uma alma penada, envolvida por um pobre invólucro humano. Ainda há os que afirmam de maneira categórica o meu falecimento e não aceitam o cidadão existente como sendo Zacarias, o artista pirotécnico, mas alguém muito parecido com o finado.

Uma coisa ninguém discute: se Zacarias morreu, o seu corpo não foi enterrado.

A única pessoa que poderia dar informações certas sobre o assunto sou eu. Porém estou impedido de fazê-lo porque os meus companheiros fogem de mim, tão logo me avistam pela frente. Quando apanhados de surpresa, ficam estarrecidos e não conseguem articular uma palavra.

Em verdade morri, o que vem de encontro à versão dos que creem na minha morte. Por outro lado, também não estou morto, pois faço tudo o que antes fazia e, devo dizer, com mais agrado do que anteriormente.

A princípio foi azul, depois verde, amarelo e negro. Um negro espesso, cheio de listras vermelhas, de um vermelho compacto, semelhante a densas fitas de sangue. Sangue pastoso com pigmentos amarelados, de um amarelo esverdeado, tênue, quase sem cor.

Quando tudo começava a ficar branco, veio um automóvel e me matou.

— Simplício Santana de Alvarenga!

— Presente!

Senti rodar-me a cabeça, o corpo balançar, como se me faltasse o apoio do solo. Em seguida fui arrastado por uma força poderosa, irresistível. Tentei agarrar-me às árvores, cujas ramagens retorcidas, puxadas para cima, escapavam aos meus dedos. Alcancei mais adiante, com as mãos, uma roda de fogo, que se pôs a girar com grande velocidade por entre elas, sem queimá-las, todavia.

— "Meus senhores: na luta vence o mais forte e o momento é de decisões supremas. Os que desejarem sobreviver ao tempo tirem os seus chapéus!"

(Ao meu lado dançavam fogos de artifício, logo devorados pelo arco-íris.)

— Simplício Santana de Alvarenga!

— Não está?

— Tire a mão da boca, Zacarias!

— Quantos são os continentes?

— E a Oceania?

Dos mares da China não mais virão as quinquilharias.

A professora magra, esquelética, os olhos vidrados, empunhava na mão direita uma dúzia de foguetes. As varetas eram compridas, tão longas que obrigavam D. Josefina a ter os pés distanciados uns dois metros do assoalho e a cabeça, coberta por fios de barbante, quase encostada no teto.

— Simplício Santana de Alvarenga!

— Meninos, amai a verdade!

A noite estava escura. Melhor, negra. Os filamentos brancos não tardariam a cobrir o céu.

Caminhava pela estrada. Estrada do Acaba Mundo: algumas curvas, silêncio, mais sombras que silêncio.

O automóvel não buzinou de longe. E nem quando já se encontrava perto de mim, enxerguei os seus faróis. Simplesmente porque não seria naquela noite que o branco desceria até a terra.

As moças que vinham no carro deram gritos histéricos e não se demoraram a desmaiar. Os rapazes falaram baixo, curaram-se instantaneamente da bebedeira e se puseram a discutir qual o melhor destino a ser dado ao cadáver.

A princípio foi azul, depois verde, amarelo e negro. Um negro espesso, cheio de listras vermelhas, de um vermelho compacto, semelhante a densas fitas de sangue. Sangue pastoso, com pigmentos amarelados, de um amarelo esverdeado, quase sem cor. Sem cor jamais quis viver. Viver, cansar bem os músculos, andando pelas ruas cheias de gente, ausentes de homens.

Havia silêncio, mais sombras que silêncio, porque os rapazes não mais discutiam baixinho. Falavam com naturalidade, dosando a gíria.

Também o ambiente repousava na mesma calma e o cadáver — o meu ensanguentado cadáver — não protestava contra o fim que os moços lhe desejavam dar.

A ideia inicial, logo rejeitada, consistia em me transportar para a cidade, onde me deixariam no necrotério. Após breve discussão, todos os argumentos analisados com frieza, prevaleceu a opinião de que meu corpo poderia sujar o carro. E havia ainda o inconveniente das moças não se conformarem em viajar ao lado de um defunto. (Neste ponto eles estavam redondamente enganados, como explicarei mais tarde.)

Um dos moços, rapazola forte e imberbe — o único que se impressionara com o acidente e permanecera calado e aflito no decorrer dos acontecimentos — propôs que se deixassem as garotas na estrada e me levassem para o cemitério. Os companheiros não deram importância à proposta. Limitaram-se a condenar o mau gosto de Jorginho — assim lhe chamavam — e a sua insensatez em interessar-se mais pelo destino do cadáver do que pelas lindas pequenas que os acompanhavam.

O rapazola notou a bobagem que acabara de proferir e, sem encarar de frente os componentes da roda, pôs-se a assoviar, visivelmente encabulado.

Não pude evitar a minha imediata simpatia por ele, em virtude da sua razoável sugestão, debilmente formulada aos que decidiam a minha sorte. Afinal, as longas caminhadas cansam indistintamente defuntos e vivos. (Este argumento não me ocorreu no momento.)

Discutiram em seguida outras soluções e, por fim, consideraram que me lançar ao precipício, um fundo precipício, que margeava a estrada, limpar o chão manchado de sangue, lavar cuidadosamente o carro, quando chegassem a casa, seria o alvitre mais adequado ao caso e o que melhor conviria a possíveis complicações com a polícia, sempre ávida de achar mistério onde nada existe de misterioso.

Mas aquele seria um dos poucos desfechos que não me interessavam. Ficar jogado em um buraco, no meio de pedras e ervas, tornava-se para mim uma ideia insuportável. E ainda: o meu corpo poderia, ao rolar pelo barranco abaixo, ficar escondido entre a vegetação, terra e pedregulhos. Se tal acontecesse, jamais seria descoberto no seu improvisado túmulo e o meu nome não ocuparia as manchetes dos jornais.

Não, eles não podiam roubar-me nem que fosse um pequeno necrológio no principal matutino da cidade. Precisava agir rápido e decidido:

— Alto lá! Também quero ser ouvido.

Jorginho empalideceu, soltou um grito surdo, tombando desmaiado, enquanto os seus amigos, algo admirados por verem um cadáver falar, se dispunham a ouvir-me.

Sempre tive confiança na minha faculdade de convencer os adversários, em meio às discussões. Não sei se pela força da lógica ou se por um dom natural, a verdade é que, em vida, eu vencia qualquer disputa dependente de argumentação segura e irretorquível.

A morte não extinguira essa faculdade. E a ela os meus matadores fizeram justiça. Após curto debate, no qual expus com clareza os meus argumentos, os rapazes ficaram indecisos, sem encontrar uma saída que atendesse, a contento, às minhas razões e ao programa da noite, a exigir prosseguimento. Para tornar mais confusa a situação, sentiam a impossibilidade de dar rumo a um defunto que não perdera nenhum dos predicados geralmente atribuídos aos vivos.

Se a um deles não ocorresse uma sugestão, imediatamente aprovada, teríamos permanecido no impasse. Propunha incluir-me no grupo e, juntos, terminarmos a farra, interrompida com o meu atropelamento.

Entretanto, outro obstáculo nos conteve: as moças eram somente três, isto é, em número igual ao de rapazes. Faltava uma para mim e eu não aceitava fazer parte da turma desacompanhado. O mesmo rapaz que aconselhara a minha inclusão no grupo encontrou a fórmula conciliatória, sugerindo que abandonassem o colega desmaiado na estrada. Para melhorar o meu aspecto, concluiu, bastaria trocar as minhas roupas pelas de Jorginho, o que me prontifiquei a fazer rapidamente.

Depois de certa relutância em abandonar o companheiro, concordaram todos (homens e mulheres, estas já restabelecidas do primitivo desmaio) que ele fora fraco e não soubera enfrentar com dignidade a situação. Portanto, era pouco razoável que se perdesse tempo fazendo considerações sentimentais em torno da sua pessoa.

Do que aconteceu em seguida não guardo recordações muito nítidas. A bebida, que antes da minha morte pouco me afetava, teve sobre o meu corpo defunto uma ação surpreendente. Pelos meus olhos entravam estrelas, luzes cujas cores ignorava, triângulos absurdos, cones e esferas de marfim, rosas negras, cravos em forma de lírios, lírios transformados em mãos. E a ruiva, que me fora destinada, enlaçando-me o pescoço com o corpo transmudado em longo braço metálico.

Ao clarear o dia, saí da semiletargia em que me encontrava. Alguém me perguntava onde eu desejava ficar. Recordo-me que insisti em descer no cemitério, ao que me responderam ser impossível, pois àquela hora ele se encontrava fechado. Repeti diversas vezes a palavra cemitério. (Quem sabe nem chegasse a repeti-la, mas somente movesse os lábios, procurando ligar as palavras às sensações longínquas do meu delírio policrômico.)

Por muito tempo se prolongou em mim o desequilíbrio entre o mundo exterior e os meus olhos, que não se acomodavam ao colorido das paisagens estendidas na minha frente. Havia ainda o medo que sentia, desde aquela madrugada, quando constatei que a morte penetrara no meu corpo.

Não fosse o ceticismo dos homens, recusando-se aceitar-me vivo ou morto, eu poderia abrigar a ambição de construir uma nova existência.

Tinha ainda que lutar contra o desatino que, às vezes, se tornava senhor dos meus atos e obrigava-me a buscar, ansioso, nos jornais, qualquer notícia que elucidasse o mistério que cercava o meu falecimento.

Fiz várias tentativas para estabelecer contato com meus companheiros da noite fatal e o resultado foi desencorajador. E eles eram a esperança que me restava para provar quão real fora a minha morte.

No passar dos meses, tornou-se menos intenso o meu sofrimento e menor a minha frustração ante a dificuldade de convencer os amigos de que o Zacarias que anda pelas ruas da cidade é o mesmo artista pirotécnico de outros tempos, com a diferença de que aquele era vivo e este, um defunto.

Só um pensamento me oprime: que acontecimentos o destino reservará a um morto se os vivos respiram uma vida agonizante? E a minha angústia cresce ao sentir, na sua plenitude, que a minha capacidade de amar, discernir as coisas, é bem superior à dos seres que por mim passam assustados.

Amanhã o dia poderá nascer claro, o sol brilhando como nunca brilhou. Nessa hora os homens compreenderão que, mesmo à margem da vida, ainda vivo, porque a minha existência se transmudou em cores e o branco já se aproxima da terra para exclusiva ternura dos meus olhos.

O ex-mágico da Taberna Minhota

Inclina, Senhor, o teu ouvido, e ouve-me;
porque eu sou desvalido e pobre.
(Salmos, LXXXV, 1)

Hoje sou funcionário público e este não é o meu desconsolo maior.

Na verdade, eu não estava preparado para o sofrimento. Todo homem, ao atingir certa idade, pode perfeitamente enfrentar a avalanche do tédio e da amargura, pois desde a meninice acostumou-se às vicissitudes, através de um processo lento e gradativo de dissabores.

Tal não aconteceu comigo. Fui atirado à vida sem pais, infância ou juventude.

Um dia dei com os meus cabelos ligeiramente grisalhos, no espelho da Taberna Minhota. A descoberta não me espantou e tampouco me surpreendi ao retirar do bolso o dono do restaurante. Ele sim, perplexo, me perguntou como podia ter feito aquilo.

O que poderia responder, nessa situação, uma pessoa que não encontrava a menor explicação para sua presença no mundo? Disse-lhe que estava cansado. Nascera cansado e entediado.

Sem meditar na resposta, ou fazer outras perguntas, ofereceu-me emprego e passei daquele momento em diante a divertir a freguesia da casa com os meus passes mágicos.

O homem, entretanto, não gostou da minha prática de oferecer aos espectadores almoços gratuitos, que eu extraía misteriosamente de dentro do paletó. Considerando não ser dos melhores negócios aumentar o número de fregueses sem o consequente acréscimo nos lucros, apresentou-me ao empresário do Circo-Parque Andaluz, que, posto a par das minhas habilidades, propôs contratar-me. Antes, porém, aconselhou-o que se prevenisse contra os meus truques, pois ninguém estranharia se me ocorresse a ideia de distribuir ingressos graciosos para os espetáculos.

Contrariando as previsões pessimistas do primeiro patrão, o meu comportamento foi exemplar. As minhas apresentações em público não só empolgaram multidões, como deram fabulosos lucros aos donos da companhia.

A plateia, em geral, me recebia com frieza, talvez por não me exibir de casaca e cartola. Mas quando, sem querer, começava a extrair do chapéu coelhos, cobras, lagartos, os assistentes vibravam. Sobretudo no último número, em que eu fazia surgir, por entre os dedos, um jacaré. Em seguida, comprimindo o animal pelas extremidades, transformava-o numa sanfona. E encerrava o espetáculo tocando o Hino Nacional da Cochinchina. Os aplausos estrugiam de todos os lados, sob o meu olhar distante.

O gerente do circo, a me espreitar de longe, danava-se com a minha indiferença pelas palmas da assistência. Notadamente se elas partiam das criancinhas que me iam aplaudir nas matinês de domingo. Por que me emocionar, se não me causavam pena aqueles rostos inocentes, destinados a passar pelos sofrimentos que acompanham o amadurecimento do homem? Muito menos me ocorria odiá-las por terem tudo que ambicionei e não tive: um nascimento e um passado.

Com o crescimento da popularidade a minha vida tornou-se insuportável.

Às vezes, sentado em algum café, a olhar cismativamente o povo desfilando na calçada, arrancava do bolso pombos, gaivotas, maritacas. As pessoas que se encontravam nas imediações, julgando intencional o meu gesto, rompiam em estridentes gargalhadas. Eu olhava melancólico para o chão e resmungava contra o mundo e os pássaros.

Se, distraído, abria as mãos, delas escorregavam esquisitos objetos. A ponto de me surpreender, certa vez, puxando da manga da camisa uma figura, depois outra. Por fim, estava rodeado de figuras estranhas, sem saber que destino lhes dar.

Nada fazia. Olhava para os lados e implorava com os olhos por um socorro que não poderia vir de parte alguma.

Situação cruciante.

Quase sempre, ao tirar o lenço para assoar o nariz, provocava o assombro dos que estavam próximos, sacando um lençol do bolso. Se mexia na gola do paletó, logo aparecia um urubu. Em outras ocasiões, indo amarrar o cordão do sapato, das minhas calças deslizavam cobras. Mulheres e crianças gritavam. Vinham guardas, ajuntavam-se curiosos, um escândalo. Tinha de comparecer à delegacia e ouvir pacientemente da autoridade policial ser proibido soltar serpentes nas vias públicas.

Não protestava. Tímido e humilde mencionava a minha condição de mágico, reafirmando o propósito de não molestar ninguém.

Também, à noite, em meio a um sono tranquilo, costumava acordar sobressaltado: era um pássaro ruidoso que batera as asas ao sair do meu ouvido.

Numa dessas vezes, irritado, disposto a nunca mais fazer mágicas, mutilei as mãos. Não adiantou. Ao primeiro movimento que fiz, elas reapareceram novas e perfeitas nas pontas dos tocos de braço. Acontecimento de desesperar qualquer pessoa, principalmente um mágico enfastiado do ofício.

Urgia encontrar solução para o meu desespero. Pensando bem, concluí que somente a morte poria termo ao meu desconsolo.

Firme no propósito, tirei dos bolsos uma dúzia de leões e, cruzando os braços, aguardei o momento em que seria devorado por eles. Nenhum mal me fizeram. Rodearam-me, farejaram minhas roupas, olharam a paisagem, e se foram.

Na manhã seguinte regressaram e se puseram, acintosos, diante de mim.

— O que desejam, estúpidos animais?! — gritei, indignado.

Sacudiram com tristeza as jubas e imploraram-me que os fizesse desaparecer:

— Este mundo é tremendamente tedioso — concluíram.

Não consegui refrear a raiva. Matei-os todos e me pus a devorá-los. Esperava morrer, vítima de fatal indigestão.

Sofrimento dos sofrimentos! Tive imensa dor de barriga e continuei a viver.

O fracasso da tentativa multiplicou minha frustração. Afastei-me da zona urbana e busquei a serra. Ao alcançar seu ponto mais alto, que dominava escuro abismo, abandonei o corpo ao espaço.

Senti apenas uma leve sensação da vizinhança da morte: logo me vi amparado por um paraquedas. Com dificuldade, machucando-me nas pedras, sujo e estropiado, consegui regressar à cidade, onde a minha primeira providência foi adquirir uma pistola.

Em casa, estendido na cama, levei a arma ao ouvido. Puxei o gatilho, à espera do estampido, a dor da bala penetrando na minha cabeça.

Não veio o disparo nem a morte: a máuser se transformara num lápis.

Rolei até o chão, soluçando. Eu, que podia criar outros seres, não encontrava meios de libertar-me da existência.

Uma frase que escutara, por acaso, na rua, trouxe-me nova esperança de romper em definitivo com a vida. Ouvira de um homem triste que ser funcionário público era suicidar-se aos poucos.

Não me encontrava em condições de determinar qual a forma de suicídio que melhor me convinha: se lenta ou rápida. Por isso empreguei-me numa Secretaria de Estado.

1930, ano amargo. Foi mais longo que os posteriores à primeira manifestação que tive da minha existência, ante o espelho da Taberna Minhota.

Não morri, conforme esperava. Maiores foram as minhas aflições, maior o meu desconsolo.

Quando era mágico, pouco lidava com os homens — o palco me distanciava deles. Agora, obrigado a constante contato com meus semelhantes, necessitava compreendê-los, disfarçar a náusea que me causavam.

O pior é que, sendo diminuto meu serviço, via-me na contingência de permanecer à toa horas a fio. E o ócio levou-me à revolta contra a falta de um passado. Por que somente eu, entre todos os que viviam sob os meus olhos, não tinha alguma coisa para recordar? Os meus dias flutuavam confusos, mesclados com pobres recordações, pequeno saldo de três anos de vida.

O amor que me veio por uma funcionária, vizinha de mesa de trabalho, distraiu-me um pouco das minhas inquietações.

Distração momentânea. Cedo retornou o desassossego, debatia-me em incertezas. Como me declarar à minha colega? Se nunca fizera uma declaração de amor e não tivera sequer uma experiência sentimental!

1931 entrou triste, com ameaças de demissões coletivas na Secretaria e a recusa da datilógrafa em me aceitar. Ante o risco de ser demitido, procurei acautelar meus interesses. (Não me importava o emprego. Somente temia ficar longe da mulher que me rejeitara, mas cuja presença me era agora indispensável.)

Fui ao chefe da seção e lhe declarei que não podia ser dispensado, pois, tendo dez anos de casa, adquirira estabilidade no cargo.

Fitou-me por algum tempo em silêncio. Depois, fechando a cara, disse que estava atônito com meu cinismo. Jamais poderia esperar de alguém, com um ano de trabalho, ter a ousadia de afirmar que tinha dez.

Para lhe provar não ser leviana a minha atitude, procurei nos bolsos os documentos que comprovavam a lisura do meu procedimento. Estupefato, deles retirei apenas um papel amarrotado — fragmento de um poema inspirado nos seios da datilógrafa.

Revolvi, ansioso, todos os bolsos e nada encontrei.

Tive que confessar minha derrota. Confiara demais na faculdade de fazer mágicas e ela fora anulada pela burocracia.

Hoje, sem os antigos e miraculosos dons de mago, não consigo abandonar a pior das ocupações humanas. Falta-me o amor da companheira de trabalho, a presença de amigos, o que me obriga a andar por lugares solitários. Sou visto muitas vezes procurando retirar com os dedos, do interior da roupa, qualquer coisa que ninguém enxerga, por mais que atente a vista.

Pensam que estou louco, principalmente quando atiro ao ar essas pequeninas coisas.

Tenho a impressão de que é uma andorinha a se desvencilhar das minhas mãos. Suspiro alto e fundo.

Não me conforta a ilusão. Serve somente para aumentar o arrependimento de não ter criado todo um mundo mágico.

Por instantes, imagino como seria maravilhoso arrancar do corpo lenços vermelhos, azuis, brancos, verdes. Encher a noite com fogos de artifício. Erguer o rosto para o céu e deixar que pelos meus lábios saísse o arco-íris. Um arco-íris que cobrisse a Terra de um extremo a outro. E os aplausos dos homens de cabelos brancos, das meigas criancinhas.

Teleco, o coelhinho

Três coisas me são difíceis de entender, e uma quarta eu a ignoro completamente: o caminho da águia no ar, o caminho da cobra sobre a pedra, o caminho da nau no meio do mar, e o caminho do homem na sua mocidade.
(Provérbios, XXX, 18 e 19)

— Moço, me dá um cigarro?

A voz era sumida, quase um sussurro. Permaneci na mesma posição em que me encontrava, frente ao mar, absorvido com ridículas lembranças.

O importuno pedinte insistia:

— Moço, oh! moço! Moço, me dá um cigarro?

Ainda com os olhos fixos na praia, resmunguei:

— Vá embora, moleque, senão chamo a polícia.

— Está bem, moço. Não se zangue. E, por favor, saia da minha frente, que eu também gosto de ver o mar.

Exasperou-me a insolência de quem assim me tratava e virei-me, disposto a escorraçá-lo com um pontapé. Fui desarmado, entretanto. Diante de mim estava um coelhinho cinzento, a me interpelar delicadamente:

— Você não dá é porque não tem, não é, moço?

O seu jeito polido de dizer as coisas comoveu-me. Dei-lhe o cigarro e afastei-me para o lado, a fim de que melhor ele visse o oceano. Não fez nenhum gesto de agradecimento, mas já então conversávamos como velhos amigos. Ou, para ser mais exato, somente o coelhinho falava. Contava-me acontecimentos extraordinários, aventuras tamanhas que o supus com mais idade do que realmente aparentava.

Ao fim da tarde, indaguei onde ele morava. Disse não ter morada certa. A rua era o seu pouso habitual. Foi nesse momento que reparei nos seus olhos. Olhos mansos e tristes. Deles me apiedei e convidei-o a residir comigo. A casa era grande e morava sozinho — acrescentei.

A explicação não o convenceu. Exigiu-me que revelasse minhas reais intenções:

— Por acaso, o senhor gosta de carne de coelho?

Não esperou pela resposta:

— Se gosta, pode procurar outro, porque a versatilidade é o meu fraco.

Dizendo isso, transformou-se numa girafa.

— À noite — prosseguiu — serei cobra ou pombo. Não lhe importará a companhia de alguém tão instável?

Respondi-lhe que não e fomos morar juntos.

Chamava-se Teleco.

Depois de uma convivência maior, descobri que a mania de metamorfosear-se em outros bichos era nele simples desejo de agradar ao próximo. Gostava de ser gentil com crianças e velhos, divertindo-os com hábeis malabarismos ou prestando-lhes ajuda. O mesmo cavalo que, pela manhã, galopava com a gurizada, à tardinha, em lento caminhar, conduzia anciãos ou inválidos às suas casas.

Não simpatizava com alguns vizinhos, entre eles o agiota e suas irmãs, aos quais costumava aparecer sob a pele de leão ou tigre. Assustava-os mais para nos divertir que por maldade. As vítimas assim não entendiam e se queixavam à polícia, que perdia o tempo ouvindo as denúncias. Jamais encontraram em nossa residência, vasculhada de cima a baixo, outro animal além do coelhinho. Os investigadores irritavam-se com os queixosos e ameaçavam prendê-los.

Apenas uma vez tive medo de que as travessuras do meu irrequieto companheiro nos valessem sérias complicações. Estava recebendo uma das costumeiras visitas do delegado quando Teleco, movido por imprudente malícia, transformou-se repentinamente em porco-do-mato. A mudança e o retorno ao primitivo estado foram bastante rápidos para que o homem tivesse tempo de gritar. Mal abrira a boca, horrorizado, novamente tinha diante de si um pacífico coelho:

— O senhor viu o que eu vi?

Respondi, forçando uma cara inocente, que nada vira de anormal.

O homem olhou-me desconfiado, alisou a barba e, sem se despedir, ganhou a porta da rua.

A mim também pregava-me peças. Se encontrava vazia a casa, já sabia que ele andava escondido em algum canto, dissimulado em algum pequeno animal. Ou mesmo no meu corpo sob a forma de pulga, fugindo-me dos dedos, correndo pelas minhas costas. Quando começava a me impacientar e pedia-lhe que parasse com a brincadeira, não raro levava tremendo susto. Debaixo das minhas pernas crescera um bode que, em disparada, me transportava até o quintal.

Eu me enraivecia, prometia-lhe uma boa surra. Simulando arrependimento, Teleco dirigia-me palavras afetuosas e logo fazíamos as pazes.

No mais, era o amigo dócil, que nos encantava com inesperadas mágicas. Amava as cores e muitas vezes surgia transmudado em ave que as possuía todas e de espécie inteiramente desconhecida ou de raça já extinta.

— Não existe pássaro assim!

— Sei. Mas seria insípido disfarçar-me somente em animais conhecidos.

O primeiro atrito grave que tive com Teleco ocorreu um ano após nos conhecermos. Eu regressava da casa da minha cunhada Emi, com quem discutira asperamente sobre negócios de família. Vinha mal-humorado e a cena que deparei, ao abrir a porta da entrada, agravou minha irritação. De mãos dadas, sentados no sofá da sala de visitas, encontravam-se uma jovem mulher e um mofino canguru. As roupas dele eram mal talhadas, seus olhos se escondiam por trás de uns óculos de metal ordinário.

— O que deseja a senhora com esse horrendo animal? — perguntei, aborrecido por ver minha casa invadida por estranhos.

— Eu sou o Teleco — antecipou-se, dando uma risadinha.

Mirei com desprezo aquele bicho mesquinho, de pelos ralos, a denunciar subserviência e torpeza. Nada nele me fazia lembrar o travesso coelhinho.

Neguei-me a aceitar como verdadeira a afirmação, pois Teleco não sofria da vista e se quisesse apresentar-se vestido teria o bom gosto de escolher outros trajes que não aqueles.

Ante a minha incredulidade, transformou-se numa perereca. Saltou por cima dos móveis, pulou no meu colo. Lancei-a longe, cheio de asco.

Retomando a forma de canguru, inquiriu-me, com um ar extremamente grave:

— Basta essa prova?

— Basta. E daí? O que você quer?

— De hoje em diante serei apenas homem.

— Homem? — indaguei atônito. Não resisti ao ridículo da situação e dei uma gargalhada:

— E isso? — apontei para a mulher. — É uma lagartixa ou um filhote de salamandra?

Ela me olhou com raiva. Quis retrucar, porém ele atalhou:

— É Tereza. Veio morar conosco. Não é linda?

Sem dúvida, linda. Durante a noite, na qual me faltou o sono, meus pensamentos giravam em torno dela e da cretinice de Teleco em afirmar-se homem.

Levantei-me de madrugada e me dirigi à sala, na expectativa de que os fatos do dia anterior não passassem de mais um dos gracejos do meu companheiro.

Enganava-me. Deitado ao lado da moça, no tapete do assoalho, o canguru ressonava alto. Acordei-o, puxando-o pelos braços:

— Vamos, Teleco, chega de trapaça.

Abriu os olhos, assustado, mas, ao reconhecer-me, sorriu:

— Teleco?! Meu nome é Barbosa, Antônio Barbosa, não é, Tereza?

Ela, que acabara de despertar, assentiu, movendo a cabeça.

Explodi, encolerizado:

— Se é Barbosa, rua! E não me ponha mais os pés aqui, filho de um rato!

Desceram-lhe as lágrimas pelo rosto e, ajoelhado, na minha frente, acariciava minhas pernas, pedindo-me que não o expulsasse de casa, pelo menos enquanto procurava emprego.

Embora encarasse com ceticismo a possibilidade de empregar-se um canguru, seu pranto me demoveu da decisão anterior, ou, para dizer a verdade toda, fui persuadido pelo olhar súplice de Tereza, que, apreensiva, acompanhava o nosso diálogo.

Barbosa tinha hábitos horríveis. Amiúde cuspia no chão e raramente tomava banho, não obstante a extrema vaidade que o impelia a ficar horas e horas diante do espelho. Utilizava-se do meu aparelho de barbear, da minha escova de dentes e pouco serviu comprar-lhe esses objetos, pois continuou a usar os meus e os dele. Se me queixava do abuso, desculpava-se, alegando distração.

Também a sua figura tosca me repugnava. A pele era gordurosa, os membros curtos, a alma dissimulada. Não media esforços para me agradar, contando-me anedotas sem graça, exagerando nos elogios à minha pessoa.

Por outro lado, custava tolerar suas mentiras e, às refeições, a sua maneira ruidosa de comer, enchendo a boca de comida com auxílio das mãos.

Talvez por ter me abandonado aos encantos de Tereza, ou para não desagradá-la, o certo é que aceitava, sem protesto, a presença incômoda de Barbosa.

Se afirmava ser tolice de Teleco querer nos impor sua falsa condição humana, ela me respondia com uma convicção desconcertante:

— Ele se chama Barbosa e é um homem.

O canguru percebeu o meu interesse pela sua companheira e, confundindo a minha tolerância como possível fraqueza, tornou-se atrevido e zombava de mim quando o recriminava por vestir minhas roupas, fumar dos meus cigarros ou subtrair dinheiro do meu bolso.

Em diversas ocasiões, apelei para a sua frouxa sensibilidade, pedindo-lhe que voltasse a ser coelho.

— Voltar a ser coelho? Nunca fui bicho. Nem sei de quem você fala.

— Falo de um coelhinho cinzento e meigo, que costumava se transformar em outros animais.

Nesse meio-tempo, meu amor por Tereza oscilava por entre pensamentos sombrios, e tinha pouca esperança de ser correspondido. Mesmo na incerteza, decidi propor-lhe casamento.

Fria, sem rodeios, ela encerrou o assunto:

— A sua proposta é menos generosa do que você imagina. Ele vale muito mais.

As palavras usadas para recusar-me convenceram-me de que ela pensava explorar de modo suspeito as habilidades de Teleco.

Frustrada a tentativa do noivado, não podia vê-los juntos e íntimos sem assumir uma atitude agressiva.

O canguru notou a mudança no meu comportamento e evitava os lugares onde me pudesse encontrar.

Uma tarde, voltando do trabalho, minha atenção foi alertada pelo som ensurdecedor da eletrola, ligada com todo o volume. Logo ao abrir a porta, senti o sangue afluir-me à cabeça: Tereza e Barbosa, os rostos colados, dançavam um samba indecente.

Indignado, separei-os. Agarrei o canguru pela gola e, sacudindo-o com violência, apontava-lhe o espelho da sala:

— É ou não é um animal?

— Não, sou um homem! — E soluçava, esperneando, transido de medo pela fúria que via nos meus olhos.

À Tereza, que acudira, ouvindo seus gritos, pedia:

— Não sou um homem, querida? Fala com ele.

— Sim, amor, você é um homem.

Por mais absurdo que me parecesse, havia uma trágica sinceridade na voz deles. Eu me decidira, porém. Joguei Barbosa ao chão e lhe esmurrei a boca. Em seguida, enxotei-os.

Ainda na rua, muito excitada, ela me advertiu:

— Farei de Barbosa um homem importante, seu porcaria!

Foi a última vez que os vi. Tive, mais tarde, vagas notícias de um mágico chamado Barbosa a fazer sucesso na cidade. À falta de maiores esclarecimentos, acreditei ser mera coincidência de nomes.

A minha paixão por Tereza se esfumara no tempo e voltara-me o interesse pelos selos. As horas disponíveis eu as ocupava com a coleção.

Estava, uma noite, precisamente colando exemplares raros, recebidos na véspera, quando saltou, janela adentro, um cachorro. Refeito do susto, fiz menção de correr o animal. Todavia não cheguei a enxotá-lo.

— Sou Teleco, seu amigo — afirmou, com uma voz excessivamente trêmula e triste, transformando-se em uma cotia.

— E ela? — perguntei com simulada displicência.

— Tereza... — sem que concluísse a frase, adquiriu as formas de um pavão.

— Havia muitas cores... o circo... ela estava linda... foi horrível... — prosseguiu, chocalhando os guizos de uma cascavel.

Seguiu-se breve silêncio, antes que voltasse a falar:

— O uniforme... muito branco... cinco cordas... amanhã serei homem... — as palavras saíam-lhe espremidas, sem nexo, à medida que Teleco se metamorfoseava em outros animais.

Por um momento, ficou a tossir. Uma tosse nervosa. Fraca, a princípio, ela avultava com as mutações dele em bichos maiores, enquanto eu lhe suplicava que se aquietasse. Contudo ele não conseguia controlar-se.

Debalde tentava exprimir-se. Os períodos saltavam curtos e confusos.

— Pare com isso e fale mais calmo — insistia eu, impaciente com as suas contínuas transformações.

— Não posso — tartamudeava, sob a pele de um lagarto.

Alguns dias transcorridos, perdurava o mesmo caos. Pelos cantos, a tremer, Teleco se lamuriava, transformando-se seguidamente em animais os mais variados. Gaguejava muito e não podia alimentar-se, pois a boca, crescendo e diminuindo, conforme o bicho que encarnava na hora, nem sempre combinava com o tamanho do alimento. Dos seus olhos, então, escorriam lágrimas que, pequenas nos olhos miúdos de um rato, ficavam enormes na face de um hipopótamo.

Ante a minha impotência em diminuir-lhe o sofrimento, abraçava-me a ele, chorando. O seu corpo, porém, crescia nos meus braços, atirando-me de encontro à parede.

Não mais falava: mugia, crocitava, zurrava, guinchava, bramia, trissava.

Por fim, já menos intranquilo, limitava as suas transformações a pequenos animais, até que se fixou na forma de um carneirinho, a balir tristemente. Colhi-o nas mãos e senti que seu corpo ardia em febre, transpirava.

Na última noite, apenas estremecia de leve e, aos poucos, se aquietou. Cansado pela longa vigília, cerrei os olhos e adormeci. Ao acordar, percebi que uma coisa se transformara nos meus braços. No meu colo estava uma criança encardida, sem dentes. Morta.

José
J. VEIGA

Entre os grandes nomes da literatura brasileira, José J. Veiga é dos que mais tarde realizou sua vocação de escritor. Nascido em 2 de fevereiro de 1915 em Corumbá (GO), fez sua estreia apenas em 1959, aos 44 anos. Os contos de *Os cavalinhos de Platiplanto* traziam muito do universo interiorano da infância do escritor, passada na fazenda Morro Grande, onde seu pai trabalhava como pedreiro. Apesar de sua atmosfera fantástica, Veiga insistiria mais de uma vez que escrevia histórias realistas. Foi o amigo Guimarães Rosa quem lhe sugeriu, pouco antes da estreia literária, usar em seu nome de escritor a inicial "J." do sobrenome materno, Jacinto. Formado em Direito no Rio de Janeiro, Veiga trabalhou como escriturário de 1939 até 1945, quando foi contratado pela BBC e se mudou para a Inglaterra. De volta ao Brasil, em 1950, trabalhou n'*O Globo* e na *Tribuna da Imprensa*. Nessa época, conheceu Clérida Geada, que foi sua esposa até o fim da vida. No mesmo período, substituiu o amigo Antonio Callado como tradutor e redator da edição brasileira da *Reader's Digest*. Após a grande repercussão de sua obra de estreia, levou sete anos para publicar o livro seguinte, *A hora dos ruminantes*. A história da invasão da pequena cidade de Manarairema — cujos habitantes se viam acuados em casa pela chegada sucessiva de misteriosos visitantes, de um bando de cachorros e, por fim, de uma manada de bois — foi interpretada como uma alegoria sobre a repressão da ditadura militar e teve sucessivas edições esgotadas. Após o começo tardio, Veiga teria uma produção prolífica, na qual se destacam o livro de contos *A estranha máquina extraviada* (1968) e os romances *Os pecados da tribo* (1976), *Aquele mundo de Vasabarros* (1982) e *Torvelinho dia e noite* (1985), além da reunião de novelas *De jogos e festas* (1980), pela qual recebeu no ano seguinte o Prêmio Jabuti. Em 1997, a Academia Brasileira de Letras lhe concedeu o Prêmio Machado de Assis, pelo conjunto da obra. Apesar de reiterados convites de amigos, Veiga se negou até sua morte, em 1999, a se candidatar a uma cadeira de imortal.

Os cavalinhos de Platiplanto

O meu primeiro contato com essas simpáticas criaturinhas deu-se quando eu era muito criança. O meu avô Rubém havia me prometido um cavalinho de sua fazenda do Chove-Chuva se eu deixasse lancetarem o meu pé, arruinado com uma estrepada no brinquedo de pique. Por duas vezes o farmacêutico Osmúsio estivera lá em casa com sua caixa de ferrinhos para o serviço, mas eu fiz tamanho escarcéu que ele não chegou a passar da porta do quarto. Da segunda vez meu pai pediu a Seu Osmúsio que esperasse na varanda enquanto ele ia ter uma conversa comigo. Eu sabia bem que espécie de conversa seria; e aproveitando a vantagem da doença, mal ele caminhou para a cama eu comecei novamente a chorar e gritar, esperando atrair a simpatia de minha mãe e, se possível, também a de algum vizinho para reforçar. Por sorte vovô Rubém ia chegando justamente naquela hora. Quando vi a barba dele apontar na porta, compreendi que estava salvo pelo menos por aquela vez; era uma regra assentada lá em casa que ninguém devia contrariar o vovô Rubém. Em todo caso chorei um pouco mais para consolidar minha vitória, e só sosseguei quando ele intimou meu pai a sair do quarto.

Vovô sentou-se na beira da cama, pôs o chapéu e a bengala ao meu lado e perguntou por que era que meu pai estava judiando comigo. Para impressioná-lo melhor eu disse que era porque eu não queria deixar Seu Osmúsio cortar o meu pé.

— Cortar fora?

Não era exatamente isso o que eu tinha querido dizer, mas achei eficaz confirmar; e por prudência não falei, apenas bati a cabeça.

— Mas que malvados! Então isso se faz? Deixe eu ver.

Vovô tirou os óculos, assentou-os no nariz e começou a fazer um exame demorado de meu pé. Olhou-o por cima, por baixo, de lado, apalpou-o e perguntou se doía. Naturalmente eu não ia dizer que não, e até ainda dei uns gemidos calculados. Ele tirou os óculos, fez uma cara muito séria e disse:

— É exagero deles. Não é preciso cortar nada. Basta lancetar.

Ele deve ter notado o meu desapontamento, porque explicou depressa, fazendo cócega na sola do meu pé:

— Mas nessas coisas, mesmo sendo preciso, quem resolve é o dono da doença. Se você não disser que pode, eu não deixo ninguém mexer, nem o rei. Você não é mais desses menininhos de cueiro, que não têm querer. Na festa do Divino você já vai vestir um parelhinho de calça comprida que eu vou comprar, e vou lhe dar também um cavalinho pra você acompanhar a folia.

— Com arreio mexicano?

— Com arreio mexicano. Já encomendei ao Felipe. Mas tem uma coisa. Se você não ficar bom desse pé, não vai poder montar. Eu acho que o jeito é você mandar lancetar logo.

— E se doer?

— Doer? É capaz de doer um pouco, mas não chega aos pés da dor de cortar. Essa, sim, é uma dor mantena. Uma vez no Chove-Chuva tivemos de cortar um dedo — só um dedo — de um vaqueiro que tinha apanhado panariz e ele urinou de dor. E era um homem forçoso, acostumado a derrubar boi pelo rabo.

Meu avô era um homem que sabia explicar tudo com clareza, sem ralhar e sem tirar a razão da gente. Foi ele mesmo que chamou Seu Osmúsio, mas deixou que eu desse a ordem. Naturalmente eu chorei um pouco, não de dor, porque antes ele jogou bastante de lança-perfume, mas de conveniência, porque se eu mostrasse que não estava sentindo nada eles podiam rir de mim depois.

Enquanto mamãe fazia os curativos eu só pensava no cavalinho que eu ia ganhar. Todos os dias quando acordava, a primeira coisa que eu fazia era olhar se o pé estava desinchando. Seria uma maçada se vovô chegasse com o cavalinho e eu ainda não pudesse montar. Mamãe dizia que eu não precisava ficar impaciente, a folia ainda estava longe, assim eu podia até atrasar a cura, mas eu queria tudo depressa.

Mas quando a gente é menino parece que as coisas nunca saem como a gente quer. Por isso é que eu acho que a gente nunca devia querer as coisas de frente por mais que quisesse, e fazer de conta que só queria mais ou menos. Foi de tanto querer o cavalinho, e querer com força, que eu nunca cheguei a tê-lo.

Meu avô adoeceu e teve que ser levado para longe para se tratar, quem levou foi tio Amâncio. Outro tio, o Torim, que sempre foi muito antipático, ficou tomando conta do Chove-Chuva. Tio Torim disse que, enquanto ele mandasse, de lá não saía cavalo nenhum pra mim. Eu quis escrever uma carta ao vovô dando conta da ruindade, cheguei a rascunhar uma no caderno, mas mamãe disse que de jeito nenhum eu devia fazer isso; vovô estava muito doente e podia piorar com a notícia; quando ele voltasse bom, ele mesmo me daria o cavalo sem precisar eu contar nada.

Quando eu voltava da escola e mamãe não precisava de mim, eu ficava sentado debaixo de uma mangueira no quintal e pensava no cavalinho, nos passeios que eu ia fazer com ele, e era tão bom que parecia que eu já era dono. Só faltava um nome bem-assentado, mas era difícil arranjar, eu só lembrava de nomes muito batidos, Rex, Corta-Vento, Penacho. Padre Horácio quis ajudar, mas só vinha com nomes bonitos demais, tirados de livro, um que me lembro foi Pegaso. Isso deu discussão porque Osmúsio, que também lia muito, disse que certo era Pégaso. Para não me envolver eu disse que não queria um nome difícil.

Um dia eu fui ao Jurupensém com meu pai e vi lá um menino alegrinho, com o cabelo caído na testa, direitinho como o de um poldro. Perguntei o nome dele, ele disse que era Zibisco. Estipulei logo que o meu cavalinho ia se chamar Zibisco.

O tempo passava e vovô Rubém nada de voltar. De vez em quando chegava uma carta de tio Amâncio, papai e mamãe ficavam tristes, conversavam coisas de doença que eu não entendia, mamãe suspirava muito o dia inteiro. Um dia tio Torim foi visitar vovô e voltou dizendo que tinha comprado o Chove-Chuva. Papai ficou indignado, discutiu com ele, disse que era maroteira, vovô Rubém não estava em condições de assinar papel, que ele ia contar o caso ao juiz. Desde esse dia tio Torim nunca mais foi lá em casa, quando vinha à cidade passava por longe.

Depois chegou outra carta, e eu vi mamãe chorando no quarto. Quando entrei lá com desculpa de procurar um brinquedo, ela me chamou e disse que eu não ficasse triste, mas vovô não ia mais voltar. Perguntei se ele tinha morrido, ela disse que não, mas era como se tivesse. Perguntei se então a gente não ia poder vê-lo nunca mais, ela disse que podia, mas não convinha.

— Seu avô está muito mudado, meu filho. Nem parece o mesmo homem — e caiu no choro de novo.

Eu não entendia por que uma pessoa como meu avô Rubém podia mudar, mas fiquei com medo de perguntar mais; mas uma coisa eu entendi: o meu cavalinho, nunca mais. Foi a única vez que eu chorei por causa dele, não havia consolo que me distraísse.

Não sei se foi nesse dia mesmo, ou poucos dias depois, eu fui sozinho numa fazenda nova e muito imponente, de um senhor que tratavam de major. A gente chegava lá indo por uma ponte, mas não era ponte de atravessar, era de subir. Tinha uns homens trabalhando nela, miudinhos lá no alto, no meio de uma porçoeira de vigas de tábuas soltas. Eu subi até uma certa altura, mas desanimei quando olhei para cima e vi o tantão que faltava. Comecei a descer devagarinho para não falsear o pé, mas um dos homens me viu e pediu-me que o ajudasse. Era um serviço que eles precisavam acabar antes que o sol entrasse, porque se os buracos ficassem abertos de noite muita gente ia chorar lágrimas de sangue, não sei por que era assim, mas foi o que ele disse.

Fiquei com medo que isso acontecesse, mas não vi jeito nenhum de ajudar. Eu era muito pequeno, e só de olhar para cima perdia o fôlego. Eu disse isso ao homem, mas ele riu e respondeu que eu não estava com medo nenhum, eu estava era imitando os outros. E antes que eu falasse qualquer coisa ele pegou um balde cheio de pedrinhas e jogou para mim.

— Vai colocando essas pedrinhas nos lugares, uma depois da outra, sem olhar para cima nem para baixo, de repente você vê que acabou.

Fiz como ele mandou, só para mostrar que não era fácil como ele dizia — e era verdade! Antes que eu começasse a me cansar o serviço estava acabado.

Quando desci pelo outro lado e olhei a ponte enorme e firme, resistindo ao vento e à chuva, senti uma alegria que até me arrepiou. Meu desejo foi voltar para casa e contar a todo mundo e trazê-los para verem o que eu tinha feito; mas logo achei que seria perder tempo, eles acabariam sabendo sem ser preciso eu dizer. Olhei a ponte mais uma vez e segui o meu caminho, sentindo-me capaz de fazer tudo o que eu bem quisesse.

Parece que eu estava com sorte naquele dia, senão eu não teria encontrado o menino que tinha medo de tocar bandolim. Ele estava tristinho encostado numa lobeira olhando o bandolim, parecia querer tocar mas nunca que começava.

— Por que você não toca? — perguntei.

— Eu queria, mas tenho medo.

— Medo do quê?

— Dos bichos-feras.

— Que bichos-feras?

— Aqueles que a gente vê quando toca. Eles vêm correndo, sopram um bafo quente na gente, ninguém aguenta.

— E se você tocasse de olhos fechados? Via também?

Ele prometeu experimentar, mas só se eu ficasse vigiando; eu disse que vigiava, mas ele disse que só começava depois que eu jurasse. Não vi mal nenhum, jurei. Ele fechou os olhinhos e começou a tocar uma toada tão bonita que parecia uma porção de estrelas caindo dentro da água e tingindo a água de todas as cores.

Por minha vontade eu ficava ouvindo aquele menino a vida inteira; mas estava ficando tarde e eu tinha ainda muito que andar. Expliquei isso a ele, disse adeus e fui andando.

— Não vai a pé não — disse ele. — Eu vou tocar uma toada pra levar você.

Colocou novamente o bandolim em posição, agora sem medo nenhum, e tirou uma música diferente, vivazinha, que me ergueu do chão e num instante me levou para o outro lado do morro. Quando a música parou eu baixei diante de uma cancela novinha, ainda cheirando a oficina de carpinteiro.

— Estão esperando você — disse um moço fardado que abriu a cancela. — O major já está nervoso.

O major — um senhor corado, de botas e chapéu grande — estava andando para lá e para cá na varanda. Quando me viu chegando, jogou o cigarro fora e correu para receber-me.

— Graças a Deus! — disse ele. — Como foi que você escapuliu deles? Vamos entrar.

— Ninguém estava me segurando — respondi.

— É o que você pensa. Então não sabe que os homens de Nestor Gurgel estão com ordem de pegar você vivo ou morto?

— Meu tio Torim? O que é que ele quer comigo?

— É por causa dos cavalos que seu avô encomendou para você. São animais raros, como não existe lá fora. Seu tio quer tomá-los.

Se meu tio queria tomar os cavalos, era capaz de tomar mesmo. Meu pai dizia que tio Torim era treteiro desde menino. Pensei nisso e comecei a chorar.

O major riu e disse que não havia motivo para choro, os cavalos não podiam sair dali, ninguém tinha poder para tirá-los. Se alguém algum dia conseguisse levar um para outro lugar, ele virava mosquito e voltava voando.

Sendo assim eu quis logo ver esses cavalos fora do comum, experimentar se eram bons de sela. O major disse que eu não precisava me preocupar, eles faziam tudo o que o dono quisesse, disso não havia dúvida.

— Aliás — disse olhando o relógio — está na hora do banho deles. Venha pra você ver.

Descemos uma calçadinha de pedra-sabão muito escorreguenta e chegamos a um portãozinho enleado de trepadeiras. O major abriu o trinco e abaixou-se bem para passar. Eu achei que ele devia fazer um portão mais alto, mas não disse nada, só pensei, porque estava com pressa de ver os cavalos.

Passamos o portão e entramos num pátio parecido com largo de cavalhada, até arquibancadas tinha, só que no meio, em vez do gramado, tinha era uma piscina de ladrilhos de água muito limpa. Quando chegamos o pátio estava deserto, não se via cavalo nem gente. Escolhemos um lugar nas arquibancadas, o major olhou novamente o relógio e disse:

— Agora escute o sinal.

Um clarim tocou não sei onde e logo começou a aparecer gente saída de detrás de umas árvores baixinhas que cercavam todo o pátio. Num instante as arquibancadas estavam tomadas de mulheres com crianças no colo, damas de chapéus de pluma, senhores de cartolas e botina de pelica, meninos de golinhas de revirão, meninas de fita no cabelo e vestidinhos engomados.

Quando cessaram os gritos, empurrões, choros de meninos, e todos se aquietaram em seus lugares, ouviu-se novo toque de clarim. A princípio nada aconteceu, e todo mundo ficou olhando para todos os lados, fazendo gestos de quem não sabe, levantando-se para ver melhor.

De repente a assistência inteira soltou uma exclamação de surpresa, como se tivesse ensaiado antes. Meninos pulavam e gritavam, puxavam os braços de quem estivesse perto, as meninas levantavam-se e sentavam batendo palminhas. Do meio das árvores iam aparecendo cavalinhos de todas as cores, pouco maiores do que um bezerro pequeno, vinham empinadinhos marchando, de vez em quando olhavam uns para os outros como para comentar a bonita figura que estavam fazendo. Quando chegaram à beira da piscina estacaram todos ao mesmo tempo como soldados na parada. Depois um deles, um vermelhinho, empinou-se, rinchou e começou um trote dançado, que os outros imitaram, parando de vez em quando para fazer mesuras à assistência. O trote foi aumentando de velocidade, aumentando, aumentando, e daí a pouco a gente só via um risco colorido e ouvia um zumbido como de zorra. Isso durou algum tempo, eu até pensei que os cavalinhos tinham se sumido no ar para sempre, quando então o zumbido foi morrendo, as cores foram se separando, até os bichinhos aparecerem de novo.

O banho foi outro espetáculo que ninguém enjoava de ver. Os cavalinhos pulavam na água de ponta, de costas, davam cambalhotas, mergulhavam, deitavam-se de costas e esguichavam água pelas ventas fazendo repuxo.

Todo mundo ficou triste quando o clarim tocou mais uma vez e os cavalinhos cessaram as brincadeiras. O vermelhinho novamente tomou a frente e subiu para o lajeado da beira da piscina, seguido pelos outros, todos sacudiram os corpinhos para escorrer a água e ficaram brincando no sol para acabar de se enxugar.

Depois de tudo o que eu tinha visto, achei que seria maldade escolher um deles só para mim. Como é que ele ia viver separado dos outros? Com quem ia brincar aquelas brincadeiras tão animadas? Eu disse isso ao major, e ele respondeu que eu não tinha que escolher, todos eram meus.

— Todos eles? — perguntei incrédulo.

— Todos. São ordens de seu avô.

Meu avô Rubém, sempre bom e amigo! Mesmo doente, fazendo tudo para me agradar.

Mas depois fiquei meio triste, porque me lembrei do que o major tinha dito — que ninguém podia tirá-los dali.

— É verdade — disse ele em confirmação, parece que adivinhando o meu pensamento. — Levar não podc. Elcs só existem aqui em Platiplanto.

Devo ter caído no sono em algum lugar e não vi quando me levaram para casa. Só sei que de manhã acordei já na minha cama, não acreditei logo porque o meu pensamento ainda estava longe, mas aos poucos fui chegando. Era mesmo o meu quarto — a roupa da escola no prego atrás da porta, o quadro da santa na parede, os livros na estante de caixote que eu mesmo fiz, aliás precisava de pintura.

Pensei muito se devia contar aos outros, e acabei achando que não. Podiam não acreditar, e ainda rir de mim; e eu queria guardar aquele lugar perfeitinho como vi, para poder voltar lá quando quisesse, nem que fosse em pensamento.

A usina atrás do morro

Lembro-me quando eles chegaram. Vieram no caminhão de Geraldo Magela, trouxeram uma infinidade de caixotes, malas, instrumentos, fogareiros e lampiões, e se hospedaram na pensão de D. Elisa. Os volumes ficaram muito tempo no corredor, cobertos com uma lona verde, empatando a passagem.

De manhãzinha saíam os dois, ela de culote e botas e camisa com abotoadura nos punhos, só se via que era mulher por causa do cabelo comprido aparecendo por debaixo do chapéu; ele também de botas e blusa cáqui de soldado, levava uma carabina e uma caixa de madeira com alça, que revezavam no transporte. Passavam o dia inteiro fora e voltavam à tardinha, às vezes já com o escuro. Na pensão, depois do jantar, mandavam buscar cerveja e trancavam-se no quarto até altas horas. D. Elisa olhou pelo buraco da fechadura e disse que eles ficavam bebendo, rabiscando papel e discutindo numa língua que ninguém entendia.

Todo mundo na cidade andava animado com a presença deles, dizia-se que eram mineralogistas e que tinham vindo fazer estudos para montar uma fábrica e dar trabalho para muita gente, houve até quem fizesse planos para o dinheiro que iria ganhar na fábrica; mas o tempo passava e nada de fábrica, eram só aqueles passeios todos os dias pelos campos, pelos morros, pela beira do rio. Que queriam eles, que faziam afinal?

Encontrando-os um dia debruçados na grade da ponte, apontando qualquer coisa na pedreira lá embaixo, meu pai cumprimentou-os e puxou conversa; eles olharam-no desconfiados, viraram as costas e foram embora. Meu pai achou que talvez eles não entendessem a língua, mas depois vimos que a explicação não servia: quando encontraram o preto Demoste de volta do pasto com a mula do padre eles conversaram com ele e perguntaram se lobeira era fruta de comer. E como poderiam viver na pensão se não conhecessem um pouco da língua? Por menos que falassem, tinham que falar alguma coisa.

O que me preocupou desde o início foi eles nunca rirem. Entravam e saíam da pensão de cara amarrada, e o máximo que concediam a D. Elisa, só a ela, era um cumprimento mudo, batendo a cabeça como lagartixas. Aprendi com minha vó que gente que ri demais, e gente que nunca ri, dos primeiros queira paz, dos segundos desconfie; assim, eu tinha uma boa razão para ficar desconfiado.

Com o tempo, e vendo que a tal fábrica não aparecia — e não sendo possível indagar diretamente, porque eles não aceitavam conversa com ninguém — cada um foi se acostumando com aquela gente esquisita e voltando a suas obrigações, mas sem perdê-los de vista. Não sabendo o que eles faziam ou tramavam no sigilo de seu quarto ou no mistério de suas excursões, tínhamos medo que o resultado, quando viesse, pudesse não ser bom. Vivíamos em permanente sobressalto. Meu pai pensou em formar uma comissão de vigilância, consultou uns e outros, chegaram a fazer uma reunião na chácara de Seu Aurélio Gomes, do outro lado do rio, mas Padre Santana pediu que não continuassem. Achava ele que a vigilância ativa seria um erro perigoso; supondo-se que os tais descobrissem que estava havendo articulações contra eles, o que seria de nós que nada sabíamos de seus planos? Era melhor esperar. Naquele dia mesmo ele ia iniciar uma novena particular, para não chamar atenção, e esperava que o maior número possível de pessoas participasse das preces. Na sua opinião, essa era a providência mais acertada no momento.

Estêvão Carapina achou que um bom passo seria interceptar as cartas deles e lê-las antes de serem entregues, mas isso só podia ser feito com a ajuda do agente André Góis. Consultado, André ficou cheio de escrúpulos, disse que o sigilo da correspondência estava garantido na Constituição, e que um agente do correio seria a última pessoa a violar esse sigilo; e para matar de vez a sugestão falou em duas dificuldades em que ninguém havia pensado: a primeira era que, nos dias de correio, só um dos dois saía em excursão, o outro ficava de sobreaviso para ir correndo à agência quando o carro do correio passasse; a segunda dificuldade era que as cartas com toda certeza vinham em língua que ninguém na cidade entenderia. Que adiantava portanto abrir as cartas? Era mais um plano que ia por água abaixo.

Sem dúvida o perigo que receávamos nesses primeiros tempos era mais imaginário do que real. Não conhecendo os planos daquela gente, e não podendo estabelecer relações com eles, era natural que desconfiássemos de suas intenções e víssemos em sua simples presença uma ameaça a nossa tranquilidade. Às vezes eu mesmo procurava explicar a conduta deles como esquisitice de estrangeiros, e lembrava-me de um alemão que apareceu na fazenda de meu avô de mochila às costas, chapéu de palha e botina cravejada. Pediu pouco e foi ficando, passava o tempo apanhando borboletas para espetar num livro, perguntava nomes de plantas e fazia desenhos delas num caderno. Um dia despediu-se e sumiu. Muito tempo depois meu avô recebeu carta dele e ficou sabendo que era um sábio famoso. Não podiam esses de agora ser sábios também? Talvez estivéssemos fantasiando e vendo perigo onde só havia inocência.

Imaginem portanto o meu susto e a minha indignação com o que me aconteceu uma tarde. Eu tinha ido à pensão receber o dinheiro de uns leitões que minha mãe havia fornecido à D. Elisa e na saída aproveitei a ocasião para dar uma olhada nos caixotes empilhados no corredor. Levantei uma beirada da lona e vi que eram todos do mesmo tamanho e com os mesmos letreiros que não entendi. Ia puxando novamente a lona quando notei uma fenda em um deles, e como não passava ninguém no momento resolvi levar mais longe a minha inspeção. Abri o canivete e estava tentando alargar a fenda quando senti o corredor escurecer. Pensei que fosse a passagem de alguma nuvem, como às vezes acontece, e esperei que a claridade voltasse. Voltou mas foi uma mão pesada agarrando-me pelo pescoço e jogando-me contra a parede. O puxão foi tão forte que eu bati com a cabeça na parede e senti minar água na boca e nos olhos. Antes que a vista clareasse, um tapa na cabeça do lado esquerdo, apanhando o pescoço e a orelha, mandou-me de esguelha pelo corredor até quase a porta da rua. Apoiei-me na parede para me levantar, e um pontapé nas costelas jogou-me esparramado na calçada. Erguendo a cabeça ralada do raspão na laje, vi o homem de culote e blusa cáqui em pé na porta, com as mãos na cintura, olhando-me mais vermelho do que de natural. Com a cabeça tonta, o ouvido zumbindo e o corpo doendo em vários lugares, e o canivete perdido não sei onde, não me senti com disposição para reagir. Apanhei umas coisas caídas dos bolsos, bati o sujo da roupa e desci a rua mancando o menos que pude.

Felizmente não passava ninguém por perto. Se alguém soubesse da agressão haveria de querer saber o motivo, e como poderia eu contar tudo e ainda esperar que me dessem razão?

Para não chegar em casa com sinais de desordem no corpo e na roupa desci até o rio, lavei o sangue dos ralões do punho e da testa e o sujo do paletó e dos joelhos da calça, enquanto pensava num plano eficiente de vingança. Uma pedrada bem acertada na cabeça, ou uma porretada de surpresa, resolveria o meu caso. Ele não perderia por esperar.

Mas eu estava enganado quando supunha que ninguém tinha visto. Em casa encontrei mamãe aflita. Meu pai tinha saído à minha procura, armado com a bengala de estoque. Fiquei sabendo então que D. Lorena costureira tinha visto tudo de sua janela do outro lado da rua e fora correndo contar à vizinha dos fundos — e a notícia espalhou-se como fogo em capim seco. Foi por isso que meu pai, ao dobrar a primeira esquina, foi cercado por um grupo de amigos que não o deixaram prosseguir. Achavam todos, e com razão, que ele não devia agir enquanto não me ouvisse. Tive então que contar tudo, mas achei bom não dizer que tinha sido apanhado escarafunchando o caixote; disse apenas que tinha dado uma palmada nele por cima da lona.

Isso trouxe uma longa discussão sobre o possível conteúdo dos caixotes, e concordamos que devia ser qualquer coisa muito preciosa, ou muito delicada, a ponto de uma palmada por fora deixar o dono alarmado. Mas que coisa poderia ser que preenchesse essa ampla hipótese?

Meu pai achou que estávamos perdendo tempo em aceitar a situação passivamente, enquanto em algum lugar, sabe-se lá onde, gente desconhecida podia estar trabalhando contra nós; era evidente que aqueles dois não agiam sozinhos. As cartas que recebiam e os relatórios que mandavam eram provas de que eles tinham aliados. O que devíamos fazer sem demora, propôs meu pai, era procurar o delegado ou o juiz e pedir que mandasse abrir os caixotes, devia haver alguma lei que permitisse isso. Se não fosse tomada uma providência, as coisas iriam passando de mal a pior, e um dia quando acordássemos nada mais haveria a fazer.

O delegado, como sempre, estava fora caçando. O juiz foi compreensivo, mas disse que dentro da lei nada se podia fazer, e acrescentou, mais aconselhando que perguntando:

— Naturalmente não vamos querer sair fora da lei, não é verdade?

Quanto à agressão, se meu pai quisesse fazer uma queixa, o delegado teria que abrir inquérito — desde que houvesse testemunhas.

Como a única pessoa que tinha visto parte do incidente era D. Lorena, meu pai foi o primeiro a reconhecer que contar com ela seria perder tempo. D. Lorena era dessas pessoas que têm medo até de enxotar galinha. No inquérito, na presença do agressor, ela cairia em pânico e juraria nada ter visto. Assim, a despeito de toda atividade continuávamos sem um ponto de partida.

De repente a situação começou a evoluir com rapidez, e fomos percebendo para onde éramos levados. O primeiro a se passar para o outro lado foi o carpinteiro Estêvão. Estêvão tinha uma chácara do outro lado do rio, atrás do morro de Santa Bárbara. Quando os filhos chegaram à idade de escola ele alugou a chácara a Seu Marcos Vieira, escrivão aposentado, e veio morar na cidade. Seu Marcos vinha insistindo com Estêvão para vender-lhe a chácara, mas Estêvão recusava, dizia que quando os filhos estivessem mais crescidos deixaria o ofício e voltaria para a lavoura.

Pois não é que Estêvão achou de vender a chácara para aqueles dois, num negócio feito em surdina? Meu pai disse que o procedimento dele não tinha explicação, nem pela lógica nem pela moral. Houve um mistério na transação, isso era fora de dúvida. Apertado um dia por meu pai, Estêvão respondeu com estupidez, disse que fez o negócio porque a chácara era dele e ele não tinha tutor; depois, vendo o espanto de meu pai, seu amigo de tanto tempo, caiu em si e disse:

— Vendi porque não tive outro caminho, Maneco. Não tive outro caminho.

Quando meu pai insistiu por uma explicação mais positiva, ele abriu a boca para falar, mas apenas suspirou, virou as costas e foi-se embora.

Seu Marcos teve que se mudar a bem dizer a toque de caixa. Quem fez a exigência foi o próprio Estêvão, que já estava servindo como uma espécie de procurador dos compradores. Seu Marcos pediu um mês de prazo, queria colher o milho e o feijão e precisava de calma para arranjar uma casa em condições na cidade. Estêvão respondeu que não estava autorizado a conceder tanto tempo, que uma semana era o máximo que podia dar. Quanto às plantações, Seu Marcos não se incomodasse, os compradores indenizariam o que ele pedisse; e se Seu Marcos tivesse dificuldade em encontrar casa, poderia mudar provisoriamente para a do próprio Estêvão, que ia para a chácara ajudar os compradores nas obras.

Todo mundo reprovou o procedimento dos compradores, e mais ainda o de Estêvão, que na qualidade de antigo proprietário e amigo poderia ter dito uma palavra em favor do velho Marcos; mas Estêvão era agora todo do outro lado, e nada mais se poderia esperar dele. Meu pai achou que não se devia dizer mais nada na frente de Estêvão, pois não seria de admirar que ele estivesse contratado para espião. Se quiséssemos nos organizar para a resistência, convinha não esquecer essa hipótese.

No mesmo dia em que Seu Marcos, triste e ressentido, arriou seus pertences na casa desocupada por Estêvão, o caminhão do Geraldo Magela roncou na subida da ponte levando os estrangeiros na boleia e o carpinteiro Estêvão atrás, em cima da carga. Ao vê-los passar em nossa porta, meu pai virou o rosto, enojado; disse que nunca vira um espetáculo mais triste, um homem de bem como Estêvão, competente no seu ofício, largar tudo para acompanhar aquela gente como menino recadeiro.

Mas não deixou de ser um alívio vê-los fora da cidade. Agora podíamos novamente frequentar a pensão de D. Elisa, conversar com os hóspedes, saber quem chegava e quem saía, sem necessidade de falar baixo nem de nos esconder.

Durante muitos dias, quase um mês, não vimos aqueles dois nem tivemos notícias deles. Estêvão de vez em quando vinha à cidade, mas não sei se por influência dos patrões, ou se por vergonha, ou remorso, não conversava com ninguém; fazia o que tinha de fazer, ia ao correio apanhar a correspondência, sempre uns envelopes muito grandes, e voltava no mesmo dia. Nem passava mais por nossa porta, que seria o caminho natural; dava uma volta grande, passando pela rua de cima.

Outro que também sumiu foi Geraldo Magela, parece que agora estava trabalhando só para os estrangeiros. Quando íamos pescar bem em cima no rio, ou apanhar cajus no morro, podíamos ouvir o ronco do caminhão trabalhando do outro lado. Uma vez eu e Demoste saímos escondidos para apurar o que estava se passando na chácara, mas quando chegamos na crista do morro achamos melhor não continuar. Haviam levantado uma cerca de arame em volta da chácara, muito mais alta do que as cercas comuns, e de fios mais unidos, e vimos sentinelas armadas rondando. Ficamos de voltar outro dia levando a marmota do padre, mas nem isso chegamos a fazer porque soubemos que o André gaguinho, que andara apanhando lenha do outro lado, fora alvejado com um tiro de sal na popa.

Um dia correu a notícia de que o casal não estava mais na chácara, havia subido o rio à noite num barco a motor. Devia ser verdade, porque Geraldo Magela voltou a aparecer na cidade. Achamos que agora, com ele ali à disposição íamos afinal saber o que se passava na chácara do Estêvão. Geraldo sempre fora amigo de todos, deixava a meninada subir no caminhão, trazia encomendas para todo mundo e, quando o padre organizava passeios para os alunos de catecismo, fazia questão de contratar Geraldo, não aceitava oferecimento de nenhum outro, nem que tivéssemos de esperar dias quando calhava de Geraldo estar viajando.

Mas não levamos muito tempo para descobrir que Geraldo também era agora do outro lado. Ele que fora trabalhador e prestativo, sempre preocupado em poupar a mãe — desde que comprara o caminhão exigiu que D. Ritinha deixasse de lavar roupa para fora — agora ficava horas no bilhar jogando ou bebendo cerveja e zombando dos pexotes. Quanto às obras que estavam sendo feitas na chácara, ele não dizia coisa com coisa. A meu pai ele disse que estavam apenas armando um pari, a outro disse que estavam instalando uma olaria. Quando Seu Marcos o interpelou com energia, ele deu uma resposta malcriada:

— Vocês esperem. Vocês esperem que não demora.

E ficou olhando para Seu Marcos e assoviando, uma coisa que se D. Ritinha visse haveria de chorar de desgosto.

Vendo-o ali bebendo, fazendo gracinhas, faltando ao respeito com os mais velhos, e dando cada hora uma resposta, achei que ele estava apenas querendo fazer-se de importante, de sabedor de coisas misteriosas, talvez pelo desejo de imitar os patrões. Foi essa também a opinião de Padre Santana quando soube da resposta de Geraldo a Seu Marcos.

Foi mais ou menos nessa época que D. Ritinha apareceu lá em casa para desabafar com mamãe. Começou rodeando, falando nas mudanças que estavam havendo em toda parte, e entrou no capítulo do procedimento dos filhos quando crescem.

— Para muita gente, ter filhos resulta num castigo, D. Teresa — disse ela. — Os desgostos acabam sendo maiores do que as alegrias.

Vi que mamãe ficou embaraçada, com medo de dizer alguma coisa que pudesse magoar D. Ritinha. Por fim, disse vagamente:

— Os antigos diziam que filho criado, trabalho dobrado.

— Muito certo, D. Teresa. Veja o meu Geraldo. Um rapaz bem-criado, inveja de muitas mães; de repente, esquece tudo o que eu e o pai lhe ensinamos.

Mamãe procurou consolá-la dizendo que o procedimento de Geraldo devia ser resultado de uma influência passageira. A culpa era daqueles dois, que deviam estar enfiando coisas na cabeça dele; quando ela menos esperasse, ele mesmo ia abrir os olhos e arrepender-se. D. Ritinha tivesse paciências e confiasse em Deus. Aí D. Ritinha caiu no choro, disse que a culpa era dela, que o aconselhara a ir trabalhar para aquela gente. Ele não queria, mas ela insistira porque o ordenado era bom, até falara áspero com ele. Agora estava aí o resultado. De que adiantava o dinheiro sem a consideração do filho?

Quando mamãe começou a chorar também, eu fiquei meio encabulado e saí sem destino.

Ao passar pelo chafariz encontrei Geraldo divertindo-se com um gato que havia jogado dentro do tanque. O bichinho esgoelava e pelejava para sair, e cada vez que ia chegando à beirada Geraldo cercava e dava-lhe um papilote na orelha. Fiquei olhando, com medo de salvar o pobrezinho e ter de brigar com Geraldo. Mas quando o pobrezinho veio subindo no ponto onde eu estava, e Geraldo gritou para eu cercar, eu estendi o braço e apanhei-o pela nuca, como fazem as gatas. Pensei que Geraldo ia querer tomá-lo, mas ele apenas olhou e foi-se embora dando gargalhadas e imitando o miado do gato, parecia coisa de louco.

Geraldo sabia o que estava dizendo quando mandou Seu Marcos esperar, porque um belo dia chegaram os caminhões. Chegaram de madrugada, e eram tantos que nem pudemos contá-los. A nossa lavadeira, que morava no alto do cemitério, disse que desde as três da madrugada eles começaram a descer um atrás do outro de faróis acesos. Atravessaram a cidade sem parar, descendo cautelosamente as ladeiras, sacudindo as paredes das casas nas ruas estreitas, passaram a ponte e tomaram o caminho da chácara como uma enorme procissão de vaga-lumes.

Daí por diante não tivemos mais sossego. Desde que amanhecia até que anoitecia eram aqueles estrondos atrás do morro, tão fortes que chegavam a chacoalhar as panelas nas cozinhas apesar da distância, nas paredes não ficou um espelho inteiro. Mamãe vivia rezando e tomando calmante, não queria mais que eu fosse além da ponte em meus passeios. Achei que fosse receio exagerado dela, mas verifiquei depois que a proibição era geral, de todas as mães.

Geraldo andava ocupado novamente lá do outro lado, e quando aparecia na cidade era guiando uns caminhões enormes, de um tipo que ainda não tínhamos visto, e sempre com uns sujeitos esquisitos na boleia, uns homens muito altos e vermelhos, os braços muito cabeludos aparecendo por fora da manga curta da camisa. Ficavam olhando para tudo com olhos espantados, entortavam o pescoço até o último grau para olhar a gente quando o caminhão já ia lá adiante. Paravam no botequim ou no armazém e metiam caixas e mais caixas de cerveja para dentro do caminhão, latas grandes de bolachas, caixotes de cigarros. Uma vez levaram todo o sortimento de cigarros da praça e os fumantes tiveram que picar fumo e enrolar palha durante um mês.

Quando os caminhões paravam em alguma casa de comércio e nós fazíamos grupos de longe para olhar, Geraldo ficava na frente fazendo palhaçadas para nos provocar. Seu Marcos disse que ele havia perdido toda a compostura e, se não fosse por causa de D. Ritinha, era o caso de se dar uma surra nele.

E toda noite agora era aquele ruído tremido que vinha de trás do morro, parecia ronronar de muitos gatos. Não dava para incomodar porque não era forte, mas assustava pela novidade. De dia não o ouvíamos, talvez por causa dos barulhos da cidade, mas quando batia a Ave-Maria, e todo mundo cessava o trabalho, lá vinha ele. Então a gente olhava para os lados da chácara e via um enorme clarão no céu, como o de uma queimada vista de longe, só que não tinha fumaça.

Mas a grande surpresa foi quando Geraldo veio à cidade montado numa motocicleta vermelha. Não vinha mais de roupa cáqui de trabalho e botina de vaqueta, mas de parelho de casimira azul-marinho, sapatos de verniz e gravata. Parou no bilhar, cumprimentou todo mundo e convidou para tomarem cerveja. Uns aceitaram, outros ficaram de longe, ressabiados. Ele disse que não havia motivo para malquerenças, reconhecia que havia se excedido nas brincadeiras, mas não fizera nada com a intenção de ofender. Os tempos agora eram outros, acabaram-se as brincadeiras. Ele estava ali como amigo para dar uma notícia que devia contentar a todos. Aí os mais desconfiados foram se chegando também, Geraldo mandou uns dois ou três saírem na porta e convidarem quem mais encontrassem por perto. Num instante o salão estava cheio, quem estava jogando parou, havia gente até do lado de fora debruçada nas janelas.

Quando viu que não cabia mais ninguém, Geraldo subiu numa das mesas e comunicou que fora nomeado gerente da Companhia e que estava ali para contratar funcionários. Os ordenados eram muito bons, havia casa para todos, motocicletas para os homens, bicicletas para as crianças e máquinas de costura para as mulheres. Quem estivesse interessado aparecesse no dia seguinte ali mesmo para assinar a lista.

Como ninguém estava preparado para aquilo, ficaram todos ali apalermados, se entreolhando calados. Quando alguém se lembrou de pedir explicações sobre as atividades da Companhia, Geraldo já ia longe na motocicleta vermelha.

Após muita confabulação ali mesmo no bilhar, depois nas muitas rodas formadas nos pontos de conversa da cidade, e finalmente nas casas de cada um, muitos se apresentaram no dia seguinte, acredito que a maioria apenas para ter uma oportunidade de saber o que se passava na chácara. Já no segundo dia os caminhões vieram buscá-los, e foi a última vez que os vimos como amigos: quando começaram a aparecer novamente na cidade, ninguém os reconhecia mais. Entravam e saíam como foguetes, montados em suas motocicletas vermelhas, não paravam para falar com ninguém.

Essas máquinas eram uma verdadeira praga. Ninguém podia mais sair à rua sem a precaução de levar uma vara bem forte com um ferrão na ponta para se defender dos motociclistas, que pareciam se divertir atropelando pessoas distraídas. Nem os cachorros andavam mais em sossego, quase todos os dias a Intendência recolhia corpos de cachorros estraçalhados. E quanta gente morreu embaixo de roda de motocicleta! O caso que mais me impressionou foi o de D. Aurora. Um dia eu ia atravessando o largo com ela, carregando um cesto de ovos que ela havia comprado lá em casa para a festa do aniversário do padre, quando vimos dois motociclistas que vinham descendo emparelhados. Já sabendo como eles eram, D. Aurora atrapalhou-se, correu para a frente, depois quis recuar, e um deles separou-se do outro e veio direto em cima dela, jogando-a no chão, e trilhando-a pelo meio. Quando me abaixava para socorrê-la, ouvi as gargalhadas dos dois e o comentário do criminoso:

— Você viu? Estourou como papo de anjo.

D. Aurora morreu ali mesmo, e eu tive de voltar com o cesto de ovos para casa.

A impressão que se tinha era a de haver pessoas ocupadas unicamente em perturbar o nosso sossego, com que fim não sei. Ainda bem não havíamos tomado fôlego de um susto, outro artifício era aplicado contra nós. Mas não havendo motivo para tanta perseguição, também podia ser que os responsáveis pelas nossas aflições nem estivessem pensando em nós, mas apenas cuidando de seu trabalho; nós é que estávamos atrapalhando, como um formigueiro que brota num caminho onde alguém tem que passar e não pode se desviar. Depois do estrago é que vinha a curiosidade de ver como é que estávamos resistindo.

Foi o que verificamos quando as nossas casas deram para pegar fogo sem nenhum motivo aparente. Primeiro era um aquecimento repentino, os moradores começavam a suar, todos os objetos de metal queimavam quem os tocasse, e do chão ia minando um fumaceiro com um chiado tão forte que até assoviava. Pessoas e bichos saíam desesperados para a rua engasgados com a fumaça, sem saberem exatamente o que estava acontecendo. Ouvia-se um estouro abafado, e num instante a casa era uma fogueira. Tudo acontecia tão depressa que em muitos casos os moradores não tinham tempo de fugir.

Depois de cada incêndio aparecia na cidade uma comissão de funcionários da Companhia, remexia nas cinzas, cheirava uma coisa e outra, tomava notas, recolhia fragmentos de material sapecado, com certeza para examiná-los em microscópios. Pelo destino dos moradores não mostravam o menor interesse. Para não perder tempo em casos de emergência, passamos a dormir vestidos e calçados.

Embora sem muita esperança, meu pai foi procurar o delegado para ver se conseguia dele uma providência contra a Companhia. O delegado estava assustado como coelho, piscava nervoso e repetia como falando sozinho:

— Uma providência. É preciso uma providência.

Meu pai quis saber que espécie de providência ele pensava tomar, e ele não saía daquilo:

— É, uma providência. É uma providência.

Meu pai sacudiu-o para ver se o acordava, ele agarrou meu pai pelo braço e disse desesperado, quase chorando:

— Eu estou de pés e mãos amarradas, Maneco. De pés e mãos amarradas. Que vida! Quanta coisa!

Os espiões eram outra grande maçada. Não sei com que astúcia a Companhia conseguiu contratar gente do nosso meio para informá-la de nossos passos e de nossas conversas. O número de espiões cresceu tanto que não podíamos mais saber com quem estávamos falando, e o resultado foi que ficamos vivendo numa cidade de mudos, só falávamos de noite em nossas casas, com as portas e janelas bem fechadas, e assim mesmo em voz baixa.

Eu estava quase perdendo a esperança de voltarmos à vida antiga, e já não me lembrava mais com facilidade do sossego em que vivíamos, da cordialidade com que tratávamos nossos semelhantes, conhecidos e desconhecidos. Quando eu pensava no passado, que afinal não estava assim tão distante, tinha a impressão de haver avançado anos e anos, sentia-me velho e deslocado. Para onde nos estariam levando? Qual seria o nosso fim? Morreríamos todos queimados, como tantos parentes e conhecidos?

Passávamos os dias com o coração apertado, e as noites em sobressalto. Ninguém queria fazer mais nada, não valia a pena. As casas andavam cheias de goteiras, o mato invadia os quintais, entrava pelas janelas das cozinhas. Nos vãos do calçamento, que cada qual antigamente fazia questão de manter sempre limpo em frente à sua casa, arrancando a grama com um toco de faca e despejando cal nas fendas, agora cresciam tufos de capim. O muro do pombal desmoronou numa noite de chuva, ficaram os adobes na rua fazendo lama, quem queria passar rodeava ou pisava por cima, arregaçando as calças. Não valia a pena consertar nada, tudo já estava no fim.

Mas a esperança, por menor que seja, é uma grande força. Basta um fiapinho de nada para dar alma nova à gente. Eu estava remexendo um dia na tulha de feijão à procura de uma medalha que caíra do meu pescoço e encontrei umas caixas de papelão quadradinhas, escondidas bem no fundo. Abri uma e vi que estava cheia de cartuchos de dinamite. Guardei tudo depressa e não disse nada a ninguém nem deixei meu pai saber, porque não queria colocá-lo na triste situação de ter de prevenir-se contra mim. Tudo era possível naqueles dias.

Agora que nada mais há a fazer, arrependo-me de não ter falado abertamente e entrado na intimidade dos planos, se é que havia algum. Hoje é que imagino a aflição que minha mãe deve ter passado na noite em que em vão esperamos meu pai para a ceia. Com uma indiferença que não me perdoo, eu tomei minha tigela de leite com beiju e fui dormir. Mamãe ficou acordada fiando, e quando tomei-lhe a bênção no dia seguinte notei que ela estava pálida e com os olhos vermelhos de quem não havia dormido. Não tenho muito jeito para consolar, fiquei remanchando em volta dela, bulindo numa coisa e noutra, irritando-a com o meu nervosismo inarticulado. Ela mandava-me sair, passear, fazer alguma coisa fora, mas eu tinha medo de deixá-la sozinha estando tão deprimida.

Não me lembro de outro dia tão triste. Uma neblina cinzenta tinha baixado sobre a cidade, cobrindo tudo com aquele orvalho de cal. As galinhas empoleiradas nos muros, nos galhos baixos dos cafezeiros, ou encolhidas debaixo da escada do quintal, pareciam aguardar tristes notícias, ou lamentar por nós algum acontecimento que só elas sabiam por enquanto. Em frente a nossa janela de vez em quando passava uma pessoa, as mãos roxas de frio segurando o guarda-chuva, ou um menino em serviço de recado, protegendo-se com um saco de estopa na cabeça. E nos quintais molhados os sabiás não paravam de cantar.

Em dias de sol nós ainda podíamos resistir, podíamos olhar para os lados da usina e apertar os dentes com ódio, e assim mostrar que ainda não havíamos nos entregado; mas num dia molhado como aquele só nos restava o medo e o desânimo.

A notícia chegou antes do almoço. Uns roceiros que tinham vindo vender mantimentos na cidade encontraram o corpo na estrada, a barriga selada no meio pelas rodas de uma motocicleta.

Depois do enterro mamãe mandou-me esconder as caixas de dinamite num buraco bem fundo no quintal, vendeu tudo o que tínhamos, todas as galinhas, pelo preço de duas passagens de caminhão, e no mesmo dia embarcamos sem dizer adeus a ninguém, levando só a roupa do corpo e um saquinho de matula, como dois mendigos.

Acidente em Sumaúma

O mascate escolheu um mau dia para bater em Sumaúma... Também se ele adivinhasse não estaria naquela vida. Ele já tinha estado ali algumas vezes, e da última jurara nunca mais voltar. Descer o vale para vender um ou dois cortes de chita da mais barata, alguns pentes, uns metrinhos de fita, não pagava o trabalho. Mas naquele dia, com o contratempo do Ururu — os homens ferrando o gado, as mulheres na correria de preparar comida para muita gente, ninguém com tempo nem mão limpa para vir pegar, apalpar, alisar a mercadoria — ele achou que atrasado por atrasado não custava tentar a sorte em Sumaúma.

Chegou no começo da tarde, ainda em tempo de seguir viagem para o Batepaca, antes de escurecer.

Sumaúma estava em grande alvoroço, muitos camaradas no curral, mulheres nas janelas da varanda falando, rindo, apontando. O mascate chegou sem ser notado nem pelos cachorros, muito ativos também no meio dos homens. Depois de aguardar um pouco na porteira ele entrou, deixou o burro na sombra e foi ver o trabalho que estava ocupando tanta gente no curral.

Subindo alto na cerca ele conseguiu ver parte do corpo de um bicho parecendo cachorro amarrado no mourão, os homens em volta cutucando e espancando com varas e porretes. O bicho não latia nem rosnava mas soltava uivos compridos entremeados de bufos secos. Um homem ao lado do mascate informou de má vontade que o bicho era um lobo. Vendo que o bicho já estava muito machucado de pancadas e chuçadas e dos dentes dos cachorros, o mascate perguntou por que não o matavam logo com um tiro.

— Pra ele morrer depressa? Que graça tinha? — o homem respondeu perguntando.

O mascate não teve resposta, desceu da cerca e foi afrouxar o arreio do burro, descarregou os alforjes, pendurou-os numa ponta do cocho e ficou inspecionando o pátio para se distrair dos gritos do lobo.

Um lobo amarrado numa estaca, atacado por dez, doze homens armados de porrete e vara de ferrão, e mais uns quatro cachorros de costas quentes lembra uma criança entre feras longe da mãe. Amarrado com corda curta ele só podia defender-se rodando em volta da estaca — defesa ilusória porque as pancadas e ferroadas vinham de todos os lados. Quando ele parava os cachorros aproveitavam para mordê-lo nas entrepernas, onde a carne é solta e mole, os dentes perversos trincando, sacudindo e puxando; o lobo desistia do descanso e voltava a girar.

O chão em volta da estaca estava limpo e riscado como varrido com vassoura de graveto, e a madeira da estaca estava lustrosa do sovar da corda. Por fim o lobo deitou-se de lado, a cabeça meio erguida por causa da corda, os olhos avermelhados, a língua estirada, pingando suor, e conseguiu ir aguentando as bordoadas e ferroadas sem se levantar. Alguém veio com um balde d'água e despejou nele, ele fechou os olhos e relaxou um pouco os músculos, sinal de que tinha gostado, mas não jogaram mais água, a ideia não era refrescá-lo. A água escorreu e foi logo chupada pelo chão seco. Ele quis lamber o chão, não alcançou, só conseguiu lamber as patas, levantando-as. Embaixo, nas covas das virilhas, devia ter ficado um pouco de água, mas não havia jeito de levar a língua até lá. Felizmente os cachorros já tinham se desinteressado dele e andavam farejando longe, ou descansando na sombra. Os homens também se cansaram de bater e cutucar e foram saindo para enrolar cigarros, enxugar suor, comer pedaços de rapadura que guardavam no bolso enrolados em palha de milho.

Deitado no chão molhado mas morno de tanto sofrimento, o lobo era a imagem da derrota. Bastava vê-lo de língua de fora, puxando ar com urgência, a cabeça inchada de bordoadas, o corpo sangrando, o sangue endurecendo no pelo, para se compreender que ele estava nas últimas. Um homem chegou a tocá-lo com o pé (conservando o outro bem atrás, naturalmente) e ele nem teve ânimo de rosnar; o inimigo agora era o cansaço, que ia apagando as últimas resistências do corpo. Finalmente ele deixou a cabeça cair, sem se importar mais com o repuxo da corda. Um cachorro que ia passando cheirou-o no pescoço, no focinho, desinteressou-se: achou mais divertido dar susto numa galinha que ciscava perto.

O lobo ainda respirava mas o pelo ia perdendo o lustro e começava a mostrar o sujo escondido entre os fios. Um pouco mais, e até as pulgas estariam desembarcando dele, e então ele ficaria sozinho.

O mascate estava apertando a barrigueira da sela para continuar viagem — Sumaúma não rendia nada, não adiantava insistir — quando um capiauzinho veio dizer que Seu Viriates estava chamando. Ele afagou a orelha do burro, como pedindo licença, e acompanhou o emissário.

Seu Viriates recebeu-o na rede. Não tinha ainda tirado as botas nem o chapéu.

— Sim, senhor. Sente aí nesse tamborete. Menino, vai ver um café para nós. Bem quente. Se trouxer frio, leva ele na cara.

O menino saiu chispado, o mascate localizou o tamborete encostado na parede, sentou-se.

— O senhor custou, hein? Estava brigado com a gente?

O mascate assustou-se. Não sabia que tinha feito falta.

— Realmente... — começou ele, procurando uma desculpa que não ofendesse.

Seu Viriates repetiu:

— O senhor demorou muito.

— Eu tenho meus passos traçados, as paradas certas...

— Então por que quebrou caminho hoje?

— Eu trago aí umas coisas novas bonitas, queria mostrar.

Seu Viriates não se interessou pela explicação, ficou olhando pela janela em frente, pensando, ou simplesmente matando tempo, até que veio o café, já nas xícaras. Beberam calados; quando acabaram, Seu Viriates limpou a boca com a manga da camisa, tomando cuidado para não desarrumar a barba. De repente falou:

— Perdeu o seu tempo. Minha mulher não precisa de nada, meus empregados já estão me devendo muito e eu não solto mais cobre.

O mascate sentiu-se aliviado com a informação, já estava mesmo querendo uma desculpa para ir embora.

— Então com a sua licença...

Mas o velho já cochilava com a cabeça caída para trás, os braços cruzados no peito.

O mascate levantou-se cautelosamente, saiu pisando leve. Quando punha o pé no estribo para montar, o menino gritou da porta:

— Ei, moço! Não é pra sair agora não. Meu padrinho quer que o senhor jante primeiro.

Ele agradeceu o convite mas explicou que pretendia pousar no Batepaca e não queria chegar muito de noite. De mais, não estava com fome; almoçara tarde no Ururu.

— Adianta não. Ele quer que o senhor jante.

— Agradeço mas não posso. Tenho quatro léguas para engolir. Fica para outra vez.

— Convém sair não. Padrinho disse que é pra jantar primeiro.

O mascate resolveu sair de qualquer maneira, e antes que alguém viesse ajudar o menino na insistência, montou, firmou-se na sela e disse:

— Na outra viagem eu janto. Diz a seu padrinho que fico devendo.

O menino deu de ombros, encostou-se no portal, com um pé descansando em cima do outro e ficou olhando o mascate sair. O burro obedeceu ao puxão da rédea com presteza, parecia que ele também tinha pressa de deixar aquele lugar tão tristonho, e esquipou para a porteira; e com a prática de ajudar o dono a abri-las encostou-se paralelo às tábuas, com a cabeça para o lado do batente.

Quando inclinou o corpo para puxar o trinco, o mascate viu que a porteira estava fechada com corrente e cadeado. Olhou para a porta, o menino continuava na mesma posição, fingindo indiferença.

— Ei, a chave daqui. Traz a chave.

— Posso não. Padrinho guardou.

O mascate pensou um pouco, concluiu que não adiantava insistir com o menino; aquele ali não ia mover uma palha. De repente ocorreu-lhe que o menino podia estar brincando, fazendo maldade por conta própria.

— Eu vou falar com ele — disse o mascate, não com a intenção de ir; queria apenas ver se o menino se assustava e produzia a chave.

— Então precisa esperar.

— Espero nada. É agora.

— Agora não pode. Ele está dormindo.

O mascate achou que, tendo lançado um desafio, não convinha parar no meio. Também, um homem de sua idade, com dois filhos estudando em colégio, não podia ser manejado por um menino de roça.

Seu Viriates estava na mesma posição, como se alguém de muita autoridade lhe tivesse dado ordem de não se mexer. Os únicos movimentos eram o leve balanço natural da rede e a vibração dos fios da barba em volta da boca, ao compasso da respiração. O mascate ficou olhando indeciso, já arrependido do rompante. Se ele não fizesse qualquer coisa o menino ia pensar que ele era um maria-mingau, o menino já estava parado na porta, olhando malicioso, aguardando. O mascate avançou para a rede, estendeu a mão para tocar o joelho do velho, hesitou, desistiu; rodou uma, duas vezes, saiu pisando duro, derrotado. Ao passar pelo portal fez um gesto impreciso na direção do menino, o menino encolheu-se, ninguém sabe do que é capaz um homem que acaba de fazer papel de bobo.

De uma janela da varanda Seu Viriates viu o mascate no meio dos camaradas que esperavam o jantar no pátio dos fundos, mandou chamar.

— O senhor come com a gente aqui na mesa. Faço questão. O senhor é meu hóspede, ora essa.

Felizmente não se conversou muito à mesa, apenas Seu Viriates fez uma pergunta a respeito do Ururu, se eles lá tinham comprado muito; o mascate explicou o desajeito da visita por causa da ferra, e nada mais foi dito. No meio do jantar chegaram os dois filhos mais velhos do Seu Viriates, chegaram suados e barulhentos e foram sentando à mesa sem nem lavar as mãos.

— Vão mudar essa roupa suada — disse a mãe fazendo menção de se levantar. — Eu vou ver roupa limpa pra vocês.

— Carece não. A fome é muita — disse o que sentou ao lado do mascate. E ao olhar para ele, perguntou: — Burro lá fora é seu? Quer negociar?

Antes que o mascate desocupasse a boca para responder, o outro irmão intrometeu-se:

— Olhe o exibido! Vai comprar burro com quê, siô?

— Olhe o boiota metendo a colher. Ninguém pediu a sua opinião.

— Boiota é você, que não sabe fazer conta de diminuir. Quem de quinze tira seis, quanto é que fica? Diz depressa.

— Não amola, sanhaço. Eu quero comer.

— Não diz porque não sabe. E quem de trinta tira treze? Depressa.

— Mãe, dá jeito nele senão eu dou.

— Mãe-dá-jeito-nele-senão-eu-dou — fez o outro imitando voz de criança, e mal acabou recebeu uma colherada de farinha no rosto.

Tentativa de agressão por cima da mesa, e na confusão a moringa d'água tombou no prato do mascate, encharcando a comida.

— Olhe aí o que você fez, meu filho — disse a mãe sem nenhuma ênfase, mais para dar uma satisfação ao hóspede do que para censurar o filho.

O mascate estranhou que o pai não se manifestasse, um homem aparentemente tão severo; olhou para a cabeceira da mesa e viu que ele dormia, a cabeça descansando no ombro, a mão esquerda apoiada na beirada no prato, em tempo de virá-lo. Um dos rapazes deu um pontapé num cachorro debaixo da mesa, o bicho ganiu, o velho acordou assustado, quase entornou o prato, deu um murro na mesa e gritou:

— Pega! Pega!

Os dois rapazes se olharam e caíram na risada. O mascate discretamente fingiu que catava um cisco na toalha, não queria participar da zombaria. O velho mastigou em seco, resmungou, fechou os olhos. De repente soltou outro brado:

— Pega! Pega pra capar!

— É com você, Tiago — disse um dos irmãos.

— Comigo os coletes. Você é que está precisando.

— É? Olhe que eu conto o caso da bezerra.

— Olhe mãe aí. Respeite.

— Então não mexa comigo. Se mexer eu conto.

O tal Tiago calou-se, murcho, piscando muito para compensar a falta de ação. De repente levantou-se e disse:

— Você é muito entojado.

O outro sorriu vitorioso. Quando Tiago deixou a mesa ele disse para o mascate:

— Ele corta um doze comigo.

O mascate sorriu comedido. Não queria envolver-se em pendenga de irmãos, muito menos daqueles.

— Acredita não? — disse o rapaz, insistente.

— O senhor está dizendo, deve ser.

Não satisfeito, o rapaz pediu o testemunho da mãe, cutucando-a com o cotovelo:

— Diz se não é, mãe.

Ela encolheu-se, esfregando o lugar com a mão.

— Você me machucou — disse. — Parece um cavalo.

O rapaz achou isso muito engraçado e soltou uma gargalhada relinchante. O velho acordou, limpou um fio de baba com as costas da mão, piscou muito, perguntou:

— Morreu? Quem morreu, Zita?

— Ninguém não, cruz-credo. Você sonhou.

Seu Viriates ficou olhando a toalha com um olhar parado, fazendo força para não dormir de novo. Duas garrichas entraram emboladas na varanda, rasparam as asas nas paredes, uma achou logo o rumo da janela, desapareceu por cima das árvores do pátio; a outra pousou na tampa do pote, tomou fôlego, soltou uma borradinha esverdeada, flechou para a janela. O cachorro bocejou debaixo da mesa, um bocejo comprido, chorado. Compreendendo que nada mais tinha a fazer ali, o mascate pediu licença, ninguém tomou conhecimento, ele levantou-se e saiu.

Mas o burro não estava no pátio — nem no curral — nem à vista no cerrado. O mascate rodava por todo lado, esticando o pescoço por cima do muro, das cercas, procurando alguém para pedir notícia. O menino apareceu na porta comendo uma goiaba.

— Cadê seu burro, moço?

— Pois é. Cadê meu burro?

O menino deu outra dentada na goiaba, respondeu mastigando:

— Se bem andou, longe vai.

— Foi pra onde? Quem deu licença?

— Tio Tiago não precisa de licença.

— Mas eu preciso do meu burro. Quero ir embora.

— Vai poder não.

— Só faltava mais essa. Aonde ele foi?

— Sei dizer não senhor. Quer uma manga?

O menino tirou uma manga do bolso, com certa dificuldade porque o bolso era apertado. O mascate nem tomou conhecimento, passava a mão na testa, sacudia a cabeça, aflito, sem ideias.

— Quer não? — perguntou o menino estendendo a manga. — Chupa. É docinha, boa.

O mascate continuou alheio, embrulhado no seu problema.

— Não quer, eu chupo. Só tenho esta — e começou uma preparação meticulosa, demorada.

Primeiro bateu a manga no portal, de leve, girando-a aos poucos para amassá-la toda por igual; depois amassou o bico, depois a parte do talo, essa com mais cuidado porque é aí que a casca costuma rachar; completou o trabalho com os dedos, delicadamente, técnica de entendido. Quando se deu por satisfeito ficou acariciando a manga, retardando o momento de comê-la; e como quem detesta destruir uma obra bem feita, fechou os olhos e mordeu-a rápido no bico, inclinando o corpo para a frente para defender a roupa — precaução acertada porque um pouco do caldo escorreu pelos dedos e pingou no chão.

A tarde ia acabando depressa. Um ventinho picante de vale vinha dos matos e grotas de perto, preparando caminho para a noite. Os homens chegavam-se para a frente da casa com as mãos nos bolsos, os ombros encolhidos, sentavam-se nos cepos, nos degraus da calçada. Conversa de curral, de roça, de campo não induzia o mascate; ele estava pensando no burro, na maçada de ter de pousar ali — e muita sorte se fosse uma noite só — no atraso dos negócios, no azar de ter descido em Sumaúma — e o burro, coitado do burro, bom mas cheio de manias, agora servindo a um estranho, vai ver que pessoa sem paciência, capaz de fazer alguma maldade.

Os homens conversaram, tocaram viola, cantaram, até que Seu Viriates mandou dizer que era hora de dormir; cada um foi tomando o seu rumo, alguns dormiam na casa dos arreios ali mesmo no pátio, era só forrar o chão com esteiras, baixeiros. O mascate aderiu a esses, não queria incomodar os donos da casa. Cederam-lhe uma carona para deitar em cima, uma caroça para servir de cobertor, uma sela para travesseiro, não reparasse, ali faltavam comodidades.

Alguém riscou fósforo, acendeu um rolo de cera, grudou-o na ponta de um banco. A chama cuspiu, vacilou, firmou-se numa luzinha fraca, de fumaça rançosa. O pátio ficou mais escuro, em represália. Os homens foram armando suas redes, estendendo suas camas para enfrentar a noite e tudo que vem com ela. O mascate esperou para ver o que sobrava para ele, não queria desacomodar ninguém; teve que se arranjar no vão entre duas cangalhas, ficando as beiradas da carona levantadas em telha.

Um cheiro de couro malcurtido, baixeiros azedos, roupa suja e suor enchia o quarto. Poderia ele dormir ali no meio daquelas sombras desinquietas de arreios e ferramentas, criadas pela trêmula luz do rolo? Os homens já roncavam ou ressonavam, alheios às preocupações do estranho que não devia estar ali, não pertencia. Para conjurar as sombras incômodas ele fechou os olhos e procurou situar-se longe, em algum quarto decente, uma cama com colchão e roupas limpas, um lavatório no canto, a baciinha branca, o jarro com água, podendo ter uma poeirinha em cima pousada durante a noite, o sabão, a toalha, o cheiro bom de asseio. Que estaria acontecendo no mundo certo de lá de fora? Dizem que quando é noite aqui, em outras partes do mundo é dia claro, de sol a pino. Ele veria ainda o sol?

Quando ele abriu os olhos, estranhou o tamanho do quarto. Deviam ter retirado os bancos, os arreios, os apetrechos todos, e isso dava a impressão de que as paredes estavam mais longe. Pessoas caminhavam nas pontas dos pés, cochichavam, deviam estar falando dele. Ele estava muito doente, não podia se mexer nem falar. Uns tipos sisudos chegaram-se bem perto, os rostos prejudicados pela sombra de uma luz vinda de cima. Um ajoelhou-se, apalpou-o na testa — mão áspera, indiferente, logo retirada.

— Tem jeito? — perguntou outro.

— O coração ainda bate. Vocês sabem quem é?

Os outros balançaram a cabeça.

— Identidade desconhecida então.

Ele quis explicar antes que o homem escrevesse, fez força, retesou-se — a voz não saía, nem um grito pelo menos.

— Escutem. Não foi ele?

— Foi, mas não foi pra nós.

— Então já está mandando mensagem.

— É. Já se entregou.

Ficaram os três desconhecidos ali parados, sem ação, só olhando. Por fim um sacudiu a cabeça e disse:

— Coitado. Vir de tão longe...

— É assim mesmo — disse outro. — Eles zanzam, zanzam, um dia param em qualquer lugar.

Os três abanaram novamente a cabeça, como se isso fosse tudo o que pudessem fazer, e foram saindo na ponta dos pés, confundindo-se com as próprias sombras. Quando já iam longe perderam a cerimônia e pisaram forte, os passos ressoando como marteladas.

Era verdade. Ele tinha vindo de longe, andado, zanzado e afinal chegado. Couro velho, paredes sujas, uma esteira no chão frio.

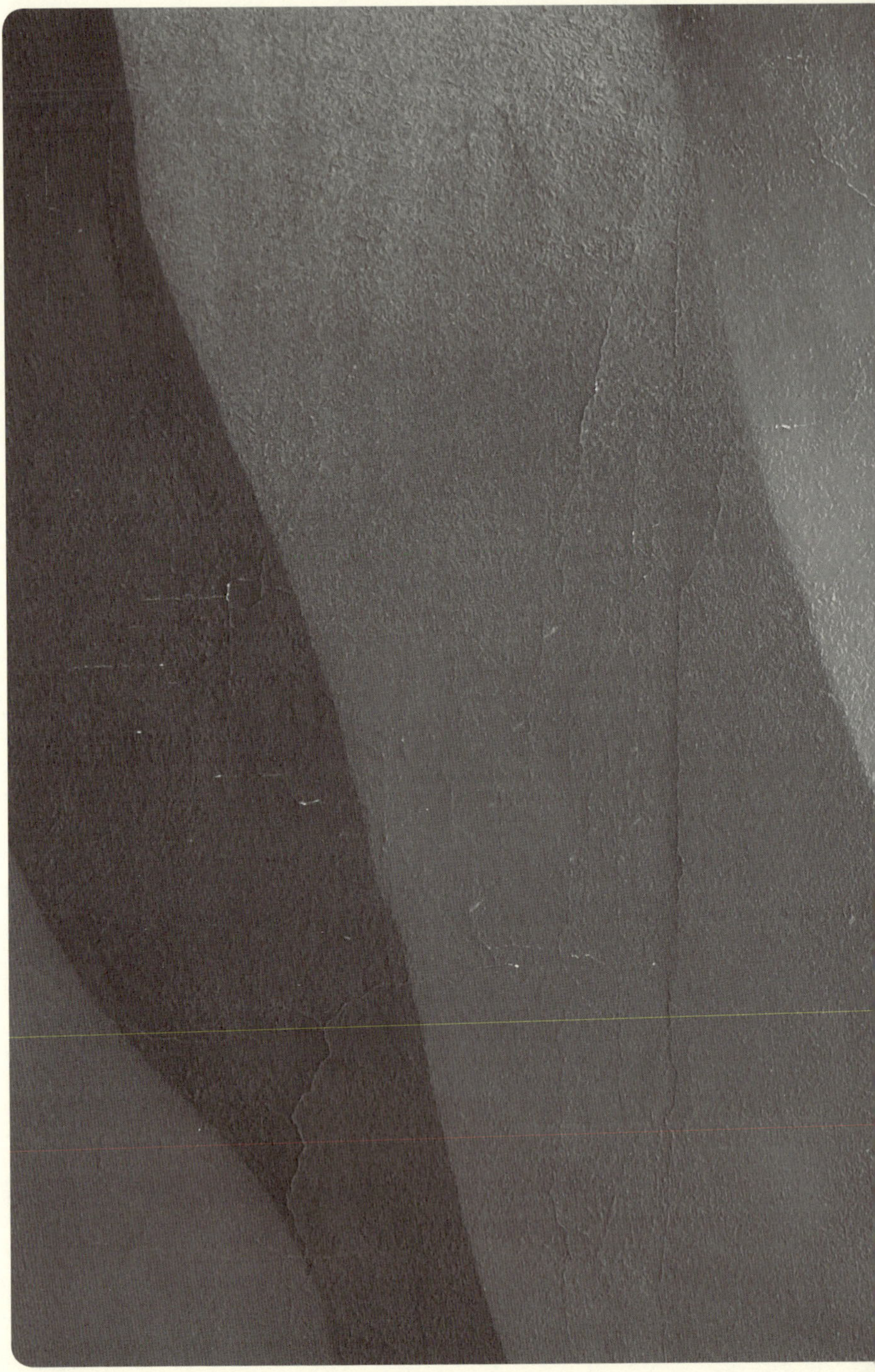

Campos de CARVALHO

Apenas quatro pessoas compareceram ao velório de Campos de Carvalho, que morreu em 1998 sem nunca ter recebido um único prêmio literário. Embora seus livros tenham atraído atenção da crítica e motivado algumas controvérsias nas páginas dos suplementos culturais, por não se encaixarem em nenhuma das principais correntes da ficção brasileira da época, Carvalho passou a maior parte da vida como um autor de poucos (e devotados) leitores. Nascido em 1º de novembro de 1916 em Uberaba (MG), formou-se em Direito em São Paulo, em 1938, e trabalhou nas décadas seguintes como advogado e procurador do estado. Viveu dos anos 1940 aos 1960 no Rio de Janeiro, onde publicou, em 1941, seu primeiro livro, a reunião de ensaios humorísticos *Banda Forra*, elogiada na época por Monteiro Lobato. Em 1954, estreou como romancista com *Tribo*. Os dois primeiros livros seriam depois rejeitados pelo escritor, que os manteve de fora da reunião de suas obras completas publicadas em 1995 pela José Olympio. O começo "pra valer" de sua obra literária, portanto, é o romance *A lua vem da Ásia*, de 1956. O antológico parágrafo de abertura do livro ("Aos dezesseis anos matei meu professor de Lógica. Invocando a legítima defesa — e qual defesa seria mais legítima? — logrei ser absolvido por cinco votos contra dois, e fui morar sob uma ponte do Sena, embora nunca tenha estado em Paris.") anunciava o surgimento de uma voz ficcional das mais singulares no panorama literário brasileiro, impressão confirmada pelos livros seguintes do escritor: *Vaca de nariz sutil* (1961), *A chuva imóvel* (1963) e *O púcaro búlgaro* (1964). Com seu quarto romance, porém, Campos de Carvalho deu por encerrada sua atividade de ficcionista, por motivos nunca esclarecidos (era um entrevistado notoriamente lacônico, que gostava de desconcertar seus interlocutores fazendo comentários *nonsense* não muito diferentes daqueles que caracterizam os seus livros). Colaborou com os jornais *O Estado de S. Paulo* e *O Pasquim*, nos quais publicou crônicas e cartas enviadas a si mesmo durante uma viagem pela Europa. Reunidos no livro *Cartas de viagem e outras crônicas* (2012), os textos são os derradeiros escritos publicados pelo autor.

Os trilhos

... como num caleidoscópio.

Um par de patins é tudo que tenho. Leva-me aonde me leva, sou uma locomotiva sem trilhos: que pretendo mais? Estou sempre chegando a um lugar novo, mesmo em ruínas, e tudo que sei é que sou eu mesmo, com as minhas pernas e esta ponta de nariz que me serve de leme. Leme aliás inútil, puramente cabalístico — a mim tanto se me dá ir para a direita ou para a esquerda, contanto que não caia morto, desmantelado. A vida empurra-me para a frente, não tenho compromissos de nenhuma espécie, sou o tipo do clandestino dentro de mim mesmo. Cada manhã embarco em meus patins, acendo um cigarro à guisa de chaminé, quando vejo estou longe, muito longe. As tabuletas nada me dizem, desvio-me dos muros por instinto, vejo uma porta aberta e entro. Tentam identificar-me, já me apontaram até um revólver num beco escuro, talvez ontem, talvez hoje, um ano atrás: afastei o intruso com os dedos, segui assoviando minha canção.

Às vezes durmo, disso me lembro bem. De súbito faltam-me os patins, doem-me os ossos, as pálpebras se recusam a obedecer-me — ajeito-me como posso a um canto e perco todos os sentidos. O moto-contínuo ainda não foi descoberto, eu mesmo o descobrirei algum dia; enquanto isso, caminho e me descaminho. É uma maratona a que não me sinto propriamente obrigado, mas que me diverte; posso matar-me a qualquer momento, e esta certeza ninguém me tira. Em última instância serei um morto como os que tenho visto, vazio em sua dignidade, encostado como uma locomotiva que já prestou serviço. Às vezes penso o que seria de mim se fosse imortal como eles querem: tremem-me as ferragens só de pensar, eu me espatifaria no primeiro abismo que encontrasse pela frente.

Assim como está, não tenho queixa. Deem-me o nome que quiserem, apiadem-se de mim ou me festejem como um precursor, a mim tanto se me dá. Sei que existe a polícia, não só a do trânsito, mas meus documentos estão perdidos e terão que conformar-se com isso, se eu mesmo me conformei. A um cego não se lhe exigem documentos, e eu sou como um cego de patins com livre trânsito por toda parte, queiram-no ou não. Do que vivo pouco importa, contanto que esteja vivo: e isto penso que é uma verdade inarredável, ao menos para mim. A princípio cheguei a pensar que era um fantoche, não sei se ontem ou há vinte anos — tudo tão difícil de explicar e de explicar-me, faziam-me perguntas absurdas, até um jato de luz me lançaram dentro dos olhos. Acabaram deixando-me em paz, com a minha paz, cada um foi cuidar dos seus negócios, a vida era o mais importante.

Diante dos espelhos fico na mesma. Não me conheço absolutamente, nem faço por conhecer-me. Minha capacidade de perquirir dura uma fração de segundo, logo eu me interesso pelo espelho em si, pelo que ele contém de paisagem e mistério: o vulto diante de mim passa a um plano secundário. Com a música dá-se a mesma coisa, eu a ouço sempre pela primeira vez, ainda que pondo o disco a tocar repetidamente, na casa de discos ou na vitrola que encontro a um canto da minha sala. Acabo desistindo de entrar em maiores indagações — PARA QUÊ? A vida afinal me corre fácil e tranquila, conquistei meu espaço como num passe de mágica, tudo mais cabe ao governo e não a mim responder. Como me tenho na conta de bem-comportado — não sei como, mas esta é a verdade — tampouco procuro criar dificuldades aos que me procuram com bons modos e o sorriso nos lábios, respondendo-lhes com o meu sorriso e as palavras de sempre, com o que se dão por satisfeitos e eu, outro tanto. O principal é que não me tirem os patins sob os pés — ignoro se eles também usam patins, ou meras ferraduras — e não me levem a um dos seus museus de antiguidade, com o fito de mostrar-me seus antepassados e suas múmias, e assim reensinar-me o bê-á-bá. A única porta que não transponho é a do cemitério, dos homens ou das ideias — e mesmo morto quero que me poupem a desagradável companhia de outros mortos, um ao lado do outro como tijolos, em vez da altiva dignidade que cabe a um paralelepípedo esquecido no deserto.

Pelo visto, fui professor. Esta mania de explicar, explicar, explicar — *vade retro*! E explicar não explicando, o que é pior, com tanta palavra linfática catada em pálidos dicionários — uma pletora em AA, já se vê: ESPANTALHO HABITADO DE PÁSSAROS — tudo sem dizer nada, uma roda-viva, mas já morta, puro (impuro) brinquedo de corda, com parêntese e tudo. De meu postigo me ponho a filosofar como os outros, com todos os cacoetes e teias de aranha, digamos, de um escolástico, com vírgula e ponto e vírgula, acentos e assentos que tolhem o livre voo do espírito, que assim se transforma num Espírito Santo capaz quando muito de Pentecostes e outras epifanias. Se pensam que não me dou conta deste vazio, estão enganados: é o que me sustém suspenso no espaço como um balão cativo em meio à tormenta, como uma bolha de sabão nas mãos de uma criança deslumbrada, seja eu mesmo ou qualquer outro deus pelotiqueiro. Dou-me conta e passo ao passo seguinte como se nada houvera acontecido, na forma rizotônica que me convenha, como faz qualquer criminoso em busca do seu álibi, divino ou puramente verbal. É um truque que me ensinaram talvez há milênios, para não sucumbir na angústia do terra-a-terra como um verme da última espécie, rasteiro e efêmero, agora em EE. Mesmo esta amnésia que não busquei — fácil, chamar as coisas por um nome — não me dá mais autoridade do que a que tem qualquer sábio, e com o meu provete faço apenas arremedar o jogo ou o joguete alheio, com a diferença apenas que sei o que não estou fazendo. Cáspite!

Minha tábua de salvação é o momento presente, outros se valham de sua eternidade para dormir tranquilos. Estou sempre à espera de que arrombem a porta e venham buscar-me como a alguma coisa: — coisa eu sou e eles sabem disso, sem passado e sem futuro. Na rua tentam decifrar-me nos olhos, nos gestos (poucos) metidos no útero da algibeira: faço o que posso para manter-me alerta, sempre corro o risco de que me enterrem antes do tempo. O que sou mesmo é um feto reversivo, de cabeça para baixo como convém à minha estirpe: — o mundo eu o vejo pela fresta de uma vulva, tudo mais é placenta pegajosa, uma rede de esgotos ligando-me ao mistério. *Verboten, verboten.* Parece cômoda esta quase letargia, nem o ontem nem o amanhã, e assim também me parece desde que não me batam à porta, sobretudo no meio da noite. Por que não deixam a um ser simplesmente ser, como a uma árvore por exemplo, e estão sempre pensando em arrancá-lo com as suas raízes, mesmo quando essas raízes já não existem mais e se confundem com o chão? De que serve a vossa polícia, crápulas, senão para garantir a cada um o direito à sua própria consciência, boa ou má, fluida ou apocalíptica?

Não sou de perder a calma, devo estar doente hoje, meus gestos não são estes. Talvez aqueles olhos que passaram há pouco, aqueles olhos: — teriam sido meus algum dia? por que ainda me doem no pensamento? que tenho eu a ver com a sua angústia? Tenho o meu sexo, possuo as mulheres sem tentar possuí-las, não me interessa o que está dentro delas, somente a vagina e o seu cataclismo. Por que então esta espécie de saudade, mais do que isso, esta nostalgia, eu cuja pátria está no fundo do umbigo e se me confunde com os intestinos — dupla escatologia: fezes e Juízo Final? É possível que eu tenha amado um dia aqueles olhos, que tenhamos chorado juntos e, juntos, buscado o mesmo êxtase, num tempo em que para mim havia o tempo e os meus sentidos eram os cinco tentáculos de um polvo, apenas isso? Ocorre-me às vezes recordar, num hiato, esse turvo e estranho passado que seria o meu, como se me dessem com um aguilhão nas nádegas e na alma — e só consigo ficar ainda mais perplexo do que antes ao despertar para o vazio, como um peixe das profundezas acostumado às trevas e ao silêncio. E me é a tal ponto penosa essa incursão ao caos da memória, como o seria para um morto o pulsar do seu coração, que eu me refugio no álcool e no sono para afugentar a visão de um mundo a que já não pertenço, e do qual fui desterrado como um aborto ou um trânsfuga. Ainda agora, diante destes olhos presos à minha retina, sinto a presença de uma vida paralela à minha e no entanto inacessível, como se eu fora um palimpsesto e sob a minha pele dormisse uma multidão de mortos, todos vítimas de uma hecatombe — ou serei eu a vítima? Aqueles (estes) olhos de Desdêmona — sim, O NOME! — situam-me numa impossível infância: estamos sob uma árvore numa manhã de domingo, há um cadáver no pequeno quarto da frente, um menino de seus cinco anos. Eu passo as mãos nos breves seios de Desdêmona, a chuva empapa-nos o cabelo e as vestes, os olhos de Desdêmona desmesuradamente abertos, o cheiro do morto à distância, insuportável. Depois, de repente, Desdêmona vestida de prostituta, os mesmos olhos em espanto atrás de uma janela, eu sem coragem de gritar-lhe que ainda a amo e ainda a desejo, e morrerei um dia com a sua morte. Como então, ela ainda existe e eu ainda existo, esta é a nossa cidade parada no tempo e no espaço, à espera do nosso reencontro debaixo da chuva, Miro vestido de anjo — RAMIRO! Dói-me um frio por dentro, é como se eu não tivesse vísceras, a chuva encharca-me os ossos, vou desmaiar de tristeza. Coisa que não faço há mil anos: vou debruçar-me na mesa, rugir com este meu câncer, sem apelo, sem apelo, SEM APELO!

Sou uma máquina infernal, posso explodir a qualquer instante. Aquela ataraxia de que falei era apenas postiça: dentro de mim mora um morto, um desconhecido, um belo dia entrarei em putrefação, serei arrastado pela correnteza, fogos-fátuos romperão de meus olhos, de minhas unhas: o miasma da morte me subirá pelo esôfago, obumbrará meu pensamento, desabarei como um edifício minado pelos esgotos do mistério, aqueles. Dia e noite deixo a janela e a porta escancaradas, asfixio-me como num caixão de vidro — um homem não pode viver apenas com a sua sombra, sem passado, sem remorsos. O que eu não fazia antes: espreito-me junto ao espelho, inteiramente nu da cabeça aos pés, a luz acesa em pleno meio-dia, sem piscar um olho, à espera da revelação. Se o passado está em mim, se posso vislumbrá-lo entre relâmpagos como uma fenda num muro coberto de pátina — por que não tentar, último recurso, surpreendê-lo com as armas do desespero, acuando-o com o meu grito de guerra e insânia como se fora eu o inimigo e não ele, dos dois eu o grão-senhor e não o escravo?

Estendo uma corda no meu quarto, procuro equilibrar-me sobre ela: assim meu pensamento. Se abro a porta dou no vazio, minha casa está suspensa num precipício, eu sou esse precipício. Assim me distraio em ser funâmbulo, o mesmo que sonâmbulo; ou meto logo uma bala na cabeça. De longe em longe um clarão dentro de mim, como se me acenassem com uma fogueira, talvez um farol, de uma das ilhas. Corro ao espelho, vejo que tudo continua na mesma: meus olhos espiam para fora, não para dentro. Volto à corda, ao meu divertimento, um dia ainda me enforco nela. E este cheiro de carniça, para completar, vindo não atino de onde, de que lixo — nem eu quero atinar. Preciso urgentemente inventar um passado — de *gangster*, não importa; de pederasta passivo ou ativo; de traidor de todas as pátrias, de toda a humanidade, de mim mesmo — o que importa é ter onde sentar-me, e não apenas na minha sombra, no meu ânus.

Morto por morto, morto inteiro. Já me olham os vizinhos com impaciência, o agente funerário lança-me o seu olhar clínico, cínico, só falta vir tomar-me as medidas, qualquer dia me entra pela sala adentro com a sua fita métrica. Na praça fingem que me reconhecem, o dono do bar conta-me coisas de Nápoles, coisas da guerra: no fundo sinto que me temem como a um redivivo, como se não tivesse o direito de respirar o ar que respiram, como se lhes poluísse a atmosfera com este odor de... Acendo o meu cigarro e finjo respirar como eles, por detrás dos óculos assumo um ar neutro, quase cândido, bebo a minha cerveja e com espanto o líquido não me sai pelos poros, pelos ouvidos. Nem mil carteiras de identidade me fariam igual a eles, e eles sabem disto: o remédio é levantar-me com dignidade e voltar-lhes as costas, toda a atenção possível para não rolar no abismo.

Que falta me faz um passado — qualquer — por mais sujo e indigno. A ideia dos patins é boa, mas só na solidão, há que haver todo um espaço pela frente. O importante é descobrir seja o que for; se eu fosse um cirurgião me abriria de alto a baixo sobre a mesa da sala, a porta trancada, o espelho suspenso do teto. A radiografia é um blefe, rouba-me ao invés de dar, nem sequer me deixa o pênis, este bastião da minha dignidade. Deus também é um blefe, senão não haveria tantos, com tantos rostos ainda é mais vazio do que eu, talvez eu lhe seja de alguma valia. Tudo, pelo visto, é um blefe, até onde alcança a minha miopia — e receio que o meu passado seja um engodo ainda maior do que todos, como o é minha sombra por exemplo.

O diabo me parece algo mais respeitável, pena que não me apareça. Em vão tenho-o invocado em meio à insônia, com o esgar mais cínico de que sou capaz: vã espera. Deve ter ocupações mais sérias, ou não lhe interessam almas sem passado — e sem futuro. Ainda agora tento descobri-lo dentro de mim mesmo, sempre é possível: os olhos apertados, a respiração suspensa, o coração imóvel, a treva e o silêncio absolutos. A mais propícia das condições para que se manifeste, caso lhe reste um resto de dignidade, de orgulho. Inútil, como disse. A menos que eu seja o próprio diabo, o que teria graça — não muito engraçada, presumo. A falta de uma profissão, talvez valesse a pena a experiência, nem que fosse por um segundo.

Como diabo eu iria, antes de tudo, tentar o prefeito, aquele que ainda há pouco, no bar, não me conheceu, oculto por detrás dos bigodes e da gomalina. Depois, o juiz, o chefe de polícia, aquele padre vesgo e de nariz adunco, a velha do 108 que me olha com o olhar piedoso e um quase sorriso, todos os guardas municipais e federais, o cachorro do vizinho que ladra à minha passagem, o próprio vizinho do cachorro, todos os vizinhos conhecidos e desconhecidos, a Rainha da Inglaterra com a sua coroa na cabeça, e o Papa com a sua tiara, e os demais, todos sem exceção, até o último dos insetos, que vive nos excrementos e deve ter sua alma à sua maneira, pelo menos um passado mais rico do que o meu. Seria divertido pôr um por um deles diante de sua própria consciência — como num túmulo, digo — sem que ninguém lhes pudesse ir em auxílio ou ditar-lhes qualquer fórmula de escape, como aprenderam na escola e nos confessionários. Eu lhes faria perguntas que sabidamente, sei, não podem ter respostas, tanto quanto o meu próprio passado — e, encostado cada um ao muro da sua antilógica, sem álibi ou estratagema à vista, seria curioso ouvi-los em sua retórica tatibitate, confundindo álamo com tálamo, consciência com ciência, coragem com audácia, virtude com castidade, vidência com evidência, efêmero com eternidade, etc. com etc. Ao Papa e à Rainha eu lhes trocaria o cetro e o sexo para que se vissem ainda em maior confusão, e ao juiz lhe daria a ler todo um processo às avessas, carimbos inclusive, para que atinasse por uma vez com a inocência do culpado, com a inocência do inocente, com a inocência pura e simplesmente.

Resolvi comprar um apito: pois não sou uma locomotiva? Sem trilhos, é bem verdade, mas este é um detalhe de menor importância. Trilhos ou patins vêm a dar na mesma, é sem alegria que faço a constatação. Não desando nenhum palmo atrás das minhas nádegas, não tenho sequer um rabo para sentar-me em cima, estou a zero quilômetro desde que parti.

O apito, quando menos, distrai-me nos momentos de grande angústia; quando o guarda apita no meio da madrugada, eu da cama respondo com o meu apito; forma-se uma espécie de elo entre nós dois, nenhum já se sente tão sozinho no seu canto. Talvez o apito venha a resolver o problema da solidão humana: em vez de um nome, um apito — nas escolas a criança aprenderia a apitar, em vez de aprender latim e metafísica.

Mesmo quando não há guarda eu apito sozinho; há quem prefira um saxofone ou uma simples vitrola. (O apito tem a vantagem de ser extremamente portátil — guarda-se até no ânus, em caso de *pogroms* — e lembra, como disse, a locomotiva, o que é muito importante.) Mas com o meu apito eu funciono da janela em pleno sol da tarde, quando vejo passar alguém mais apressado e me dá na veneta fazer com que ele freie seu poderoso ímpeto — ocupado em olhar para cima como se se tratasse de uma provocação. Assim já pararam, hoje, centenas de pessoas sob as ordens do meu apito — contei cento e quinze, para ser mais preciso — muitas delas certamente pelo hábito de pararem sempre que se lhes apite, seja uma locomotiva ou uma fábrica.

E descobri uma coisa: desde que comprei meu apito tenho-me sentido menos angustiado do que antes, menos preocupado com as paredes que me cercam, digo: a minha roupa e os meus sapatos. Como que ele me chama à realidade do presente, a única aliás que tenho, e impede-me de divagar pelos escusos caminhos da imaginação, quase sempre tortuosos, nem sempre dignos de atenção mais acurada. Já o trago, o apito, sempre à boca, pronto para qualquer emergência, e vou passar a dormir também com ele, sob risco de engoli-lo e com ele à minha angústia, a menos que o amarre em torno do pescoço como um amuleto, que ele o é.

Outro mérito de um bom apito e de um bom apitador: impedir que o silêncio se torne por demais opressivo em certas horas, quando não se tem nem a si mesmo por companhia, e cortar então o silêncio em fatias inofensivas como se corta um pão em fatias, ou mesmo um cadáver.

Mas isto já é uma história macabra, e um tanto longa.

X = 0, eu sempre desconfiei. Digo mais:

$$6\left(z^2 + \frac{1}{z^2}\right) - 35\left(z + \frac{1}{z^2}\right) + 62 = 0$$

Não sou eu quem o diz, está no livro.

Zero é o nome próprio, portanto, e nada comum, que mais me convém, e a todo desmemoriado. Tudo, desde a origem dos tempos, para chegar a isto. Apenas me antecipei, mais dia menos dia teria que ser. Os jornais estão cheios de zeros nos avisos fúnebres, alguns com nomes pomposos, pseudônimos evidentemente: não enganam a ninguém, muito menos a eles mesmos. Quanto mais comprido o nome mais redondo o resultado: isto é o que eles fingem não saber.

Mas deixemos em paz os mortos, voltemos ao meu ZERO, enchendo de vazio esta sala, este plúmbeo crepúsculo — vai chover. Venho de chegar da rua, fui saber de Desdêmona como quem pergunta por um remoto planeta, por um fato sem a mínima importância, pela chuva que ameaça cair. Desdêmona?... Uma velha mostrou-me uns brincos, um tabuleiro com bugigangas: não sabia de nenhuma Desdêmona — isto era mesmo um nome? Num banco um velho esperava pela tempestade, seria um cego ou não seria, a situação política o inquietava, não havia nenhuma Desdêmona que ele soubesse, pelo menos do seu tempo. Andei por ruas que mal conhecia, muitas crianças pela sarjeta, um cheiro de miséria penetrando pelas narinas: Desdêmona? que Desdêmona? o senhor não é aquele moço que mora junto à praça e vive com um apito? parece que vai chover uma enormidade. Sentei-me no bar, pedi a minha cerveja, não havia nenhuma Desdêmona; em Nápoles sim a primavera dava gosto, até as chuvas são diferentes, beba mais uma para esquecer. Para esquecer... Não faço outra coisa, só Deus sabe o quanto esqueço, míseros patins que não servem para nada, vou pôr um anúncio no jornal chamando por Desdêmona, por todas as Desdêmonas, vivas e mortas, a minha Desdêmona. Posso estar esquecido mas não louco, sei o que existe porque sei, ninguém me olha com aqueles olhos inutilmente, só há dois olhos como aqueles em todo o mundo, parecem molhados de chuva em seu lúcido espanto.

A chuva começa a cair em bátegas, aperta-se a solidão em torno de mim, sinto uma corda no pescoço, nas virilhas, todo o meu corpo arde em febre e desesperança: se ao menos pudesse gritar toda esta angústia numa só palavra, vomitá-la sobre os transeuntes e o resto do mundo, quebrar esta vidraça e o reflexo que nela se contém, esse rosto forasteiro coberto de pranto, esse zero que usa o meu nome e que sou eu, maldito, maldito, mil vezes MALDITO! para toda a eternidade.

Que adianta apitar como uma locomotiva, se a mim mesmo não assusto? Posso distrair o guarda, o açougueiro da frente, uma ou outra criança para a espiar para a janela, os cães se voltam aborrecidos: no fundo não passo de um inconsciente, bom quando muito para apitar peladas junto ao cemitério: ridículo, ridículo.

Tão velho, tão moço, não tenho idade, posso morrer neste mesmo instante — que me importam tantos séculos antes e depois de mim? Esta máquina quase perfeita, vias e artérias como numa grande cidade, basta que a perfure com um alfinete na altura do coração: lá se vai como por encanto toda uma alma com seu séquito de sonhos e pavores, e todos os meus antepassados dentro dela, e todos os descendentes que não tive e que carrego comigo nos testículos. Fácil demais para tentar-me, o justo seria que fosse preciso ao menos um exército para desbaratá-la, como se faz na guerra. Serão necessários todos os exércitos do mundo para desbaratar-me, e não me entrego por menos, para isso fui feito como sou, respiro dia e noite sem parar.

Depois, não custa esperar: há gares clandestinas, posso descobrir os trilhos que me levam a uma delas — os outros não interessam — sei de coisas que, francamente, têm que ter a sua pátria. Desdêmona talvez seja o nome de uma estação.

Espantalho habitado de pássaros

I

A escada do velho Cine Royal.

Os óculos não me permitem ver como *antigamente*, e no entanto eu me vejo antigo. Talvez este frio que me vem dos pés, em pleno dezembro, e ainda há pouco me reteve sem uma razão junto ao lago da praça, o que foi o lago na praça e hoje é apenas um monumento. Como se eu já arrastasse o cadáver dos meus pés.

As fitas em série, com a orquestra do maestro Vilaça — o Teobaldo ao violino, o Tifu na flauta — faziam-nos ressuscitar cada semana na pele do mocinho, para morrer ou quase daí a alguns minutos, a boca ainda cheia de caramelos. Sem falar nos domingos, quando o susto nem dava para assustar e tudo se resolvia de uma vez, os namorados se beijando na frente cada vez que o artista e a artista se olhavam mais longamente e o Teobaldo caprichava num trêmulo. Já então o Royal era velho, tão velho quanto hoje, com este rangido sob os pés e este cheiro de mofo nas paredes: só que não tinha este jeito de prostíbulo.

Talvez não devesse ter vindo, como não vim da outra nem da outra vez, sempre achando uma desculpa para assobiar e seguir em frente, as mãos no bolso mesmo que não fizesse frio. Afinal hoje não passo de um forasteiro, os meus mortos estão no cemitério e não aqui, e até o lago da praça já não existe embora me faça parar diante dele, os pés fincados no chão como se eu também fizesse parte do monumento: monumento não sei de quê, nem quero saber. Sou um forasteiro e nem sequer os mortos talvez já me reconheçam sob esta velhice precoce e estes óculos escuros — eles que continuam moços como quando morreram e, mesmo se velhos, ficaram sendo moços diante da eternidade. Mas, se eu quisesse vê-los, iria ao cemitério para que me vissem, e não estaria aqui parado no topo desta escada, com este frio agora no corpo inteiro, a espera não sei do quê, ou sei e procuro não saber, como se fosse de fato apenas um forasteiro, recém-chegado e pronto para partir.

Sinto-me como se de repente tivesse mil anos, e os tenho, eu que ainda há pouco era apenas um menino vindo para mais um capítulo do seriado, o gosto do caramelo na boca, ouvindo a flauta do Tifu ensaiando os primeiro acordes, o barulho da água batendo de encontro à tela esburacada. Faz vinte e cinco anos, nem isso e no entanto é como se fizesse séculos: o meu eu antigo tornou-se antiquíssimo, faltam-me as muletas e as bandagens para que eu possa entrar por esse corredor e chegar como um fantasma ou uma múmia até onde está ou deve estar o palco, onde era ou onde ficava a plateia.

Onde deve estar Desdêmona.

II

Odeio os bordéis sempre os odiei.

Não pelas mulheres em si, que ninguém tem culpa pelo que a vida faz ou desfaz de cada um, e nem estou aqui para bancar o moralista, nem aqui nem em parte alguma. Mas pelo espetáculo de se exibirem assim todas juntas, como se fosse num mercado de escravas sob a luz dessas lâmpadas, para que as vejam bem, tal como se estivesse vendo Deus no dia do Juízo. E com este à-vontade que não é delas e nem pode ser de ninguém, como se a vida fosse ou devesse ser apenas isto, esta ostentação da angústia ou da falsa alegria em grupo de dez, ou de vinte, ou mesmo de mil, para que o disfarce pareça perfeito e ninguém se dê conta de que está só.

Tenho um mundo de pecados na consciência e desafio Deus a que me julgue numa eternidade apenas — mas ESTE é a primeira vez que o pratico e espero que seja a última, pois até as paredes e o teto aqui são responsáveis pelo que se passa à sua sombra e não adianta querer argumentar, como eu, que se trata apenas de um forasteiro com a morte dentro da alma. Este cheiro de carne, que vem até dos lustres sórdidos, não tem nada a ver com o pecado da carne, em que sou e me orgulho de ser um réprobo, já ia dizendo um mestre consumado. Aqui, o que existe é a própria negação de qualquer pecado, que é sempre um ato de coragem e individual, com Deus servindo como testemunha e ao mesmo tempo como desafiado, num combate singular em que as armas podem ser desiguais mas a consciência é sempre a mesma. Mas tudo isto me parece tão óbvio que até me sinto ridículo diante de mim mesmo.

Não, minha filha, estou apenas fazendo hora. A bebida não dá direito a que se assista ao espetáculo sem qualquer compromisso — embora, me perdoe, estejamos comprometidos até o pescoço. Sim, eu disse até o pescoço.

Nem eu estou aqui — bem, isto já é comigo — para alugar a vulva de quem quer que seja, por uma hora ou por duas, como se faz com um par de patins ou mesmo com um avião de passeio. Quando quero copular procuro uma mulher para copular, e não um bordel e não mil bordéis, não uma agência internacional de vulvas a preço de tabela. Mesmo sem amor pratico o ato do amor com o mínimo de decência, e se Deus não compreende isto é porque ele é mais idiota do que eu e me julga apenas um pecador impenitente.

Mas você, por acaso, não conhece aqui nenhuma Desdêmona? Não sei se será este o seu nome mas é este o seu nome. Nem sei se ainda é viva, dizem que sim, fui informado de que era viva e de que poderia encontrá-la aqui; mas isso já faz algum tempo. Sim: Desdêmona — o sobrenome não interessa. Tudo que sei é que já foi menina, como você mesma já deve ter sido, e tinha um olhar assim distante e perdido como se tudo afinal fosse apenas mentira, como acabou sendo.

Desculpe, mas sempre que falo em Desdêmona eu me ponho assim um pouco imbecil.

III

Brincávamos no quintal de nossa casa, — na minha ou na dela — o que era quase como se fosse a mesma coisa, pois éramos vizinhos. Nós e os outros meninos, e as outras meninas.

Ainda não tínhamos sexo; naquele tempo o sexo não era o que é hoje, quando parece que já nasce com o indivíduo. Também ainda não havia Freud naquele tempo, o que talvez em parte explique o fenômeno: nós meninos, pelo menos, ignorávamos Freud, ainda que ele não nos ignorasse.

Não tínhamos Freud mas tínhamos a inocência, que é uma coisa difícil de explicar para quem nunca tenha ouvido falar nela. Tão difícil como explicar Deus ou Santo Tomás de Aquino a um selvagem, ou um selvagem a qualquer daqueles dois, que são uma única e a mesma coisa. A gente se sentia criança e isso bastava; não havia a preocupação de imitar os adultos e de olhá-los através do buraco da fechadura, onde de resto eles são muito mais feios e terríveis do que aqui fora. Havia mesmo uma ligeira desconfiança de que os adultos eram infelizes, e se mostravam cruéis justamente por causa disso; o melhor era deixá-los com os seus problemas, nos seus quartos ou fora deles, e esperar que merecessem voltar a ser crianças algum dia.

O triste era que criança também morria, e um de nós até morreu, e morremos também um pouco com ele: mas a infância, essa foi salva, continuou incólume conosco até que a deixamos ou que nos deixou, já não me lembro bem. O importante era que nem a morte nos conseguia fazer envelhecer antes do tempo, quando hoje o que se vê é que a própria vida se encarrega disso, e nem é preciso nenhuma guerra para que haja matança dos inocentes.

Tomávamos banho no rio que passava pelo fundo de nosso quintal, e éramos meninos ou meninas todos iguais, como de fato o éramos. Desdêmona já tinha o olhar perdido e triste, mas só hoje é que sei, então nem ela nem eu sabíamos, nem tínhamos tempo a perder com essas tolices. Não era bonita como Helena mas era muito mais ela mesma, e quando nua sentia-se que ali estava alguém que tinha o que dizer e o que fazer, mesmo que tivesse para isso de esperar mil anos. Era franzina, e os longos cabelos negros davam-lhe um ar selvagem que jamais se via em Helena ou em nenhum de nós, os que passávamos por homens e ainda não o éramos. Esqueci-me de dizer que éramos pobres, terrivelmente pobres — mas fazia parte de nossa inocência ignorar também isso, e nem ligávamos para o fato.

Que amei Desdêmona e não Helena só vim a saber muito mais tarde, depois que nos perdemos de vista e cada um tomou o seu destino. Amei-a, só hoje eu sei, a partir do instante em que os nossos olhos se encontraram sobre o pequeno caixão em que estava Donatello, seu irmão e desde esse dia também nosso, enquanto lá fora a chuva interminável batia nas paredes de zinco e punha de repente tudo tão frio quanto o morto. O olhar de Desdêmona e o meu tinham o morto a separá-los, a uni-los, e foi esse seu olhar, de espanto e de protesto, que me ficou dentro da memória — não o da menina que aos poucos foi crescendo sem que eu o percebesse, sem que ela o percebesse.

Até que um dia se mudaram e se mudou para longe e, nunca mais nos vimos; e eu mesmo me mudei e fui ser o que sou e que não sou — esta espécie de adulto arrependido, este fantasma de pés gelados, e de alma, e tudo — aqui agora à espera.

IV

A caftina, com o seu ar repelente, é de uma gentileza extrema — o riso aberto tomando conta do salão.

Ainda é cedo, as mesas estão quase vazias: apenas eu e aqueles dois cafajestes como eu. As mulheres, pelo visto, ainda dormem ou estarão se preparando, enquanto não as chama alguém: deve ser assim todas as noites — nunca estive aqui, não sei. A que põe os discos na vitrola tem o corpo bonito, as ancas acompanham o ritmo do bolero maquinalmente, olha para o sujeito de charuto e diz-lhe qualquer coisa. A loura que tentou puxar conversa comigo foi sentar-se à mesa dos fundos e espia a noite lá fora — talvez, mesmo, esteja olhando as estrelas; terá vinte anos, nem isso, e já parece ter a idade da sua profissão, *a mais antiga do mundo*. Aliás, todos aqui estamos velhos de repente, muito mais do que o prédio e a cidade, e só não digo que já estamos mortos porque isso seria uma ofensa aos mortos: que eles se putrefazem às escondidas.

Puta por puta estas são mais autênticas, não é preciso estar aqui para se ver isto, nem estou fazendo nenhuma descoberta tão importante. Na família, em todas as famílias, as putas se vestem de santarronas ou simplesmente de honestas e só se entregam a um homem depois que este lhes oferece toda a garantia de que as sustentará e as foderá a vida toda, não apenas uma vez e por uns parcos mil-réis. Acham que ser casta e digna do reino dos céus é não se entregarem a muitos homens por amor, e sim a um único homem mesmo que seja sem amor, como lhes ensinou sua mãe e ensinarão às suas filhas, desde o começo do mundo até o fim do mundo. O amor para essas puras, para essas putas, é um negócio a longo prazo e não a curto prazo, e tratam a sua vulva como se não lhes pertencesse e sim a Deus, à Pátria e à Família, aos quais terão que prestar contas a qualquer tempo e o tempo todo, mesmo que o seu marido seja o último dos crápulas.

Aqui as coisas se fazem às claras, é toma lá dá cá, e com a presença de Deus também naquele crucifixo, e a do Estado no alvará fixado em lugar bem visível, com o imposto pago e o emblema da República para desfazer dúvidas. Como se fosse a venda da carne no açougue, a retalho que é para atender ao interesse do maior número — sem a preocupação de disfarçar o indisfarçável ou de simplesmente dourar a pílula para os que gostam de pílulas douradas.

Mas não vim aqui para estar discutindo o óbvio, e muito menos comigo mesmo que sou o mais óbvio de tudo e de todos: vim porque tinha uma missão a cumprir e a estou cumprindo, e estava acima de minhas forças deixar de vir hoje ou daqui a mil anos, enquanto restasse um resto de consciência minha vagando por este mundo.

Nem vi chegarem aqueles dois, que têm cara de investigador de polícia e devem ser. Também não vi aparecer essa mulata esguia que agora está conversando com o garçom, ali onde era o lugar da orquestra ou, mais exatamente, do piano, bem em frente de onde ficava o anúncio da Casa Funerária do Chico Dimas. Só agora me dou conta de que o Cine Royal era o único cinema a anunciar caixões de defunto antes de cada sessão, no pano de boca e nos *slides* projetados já sobre os primeiros acordes da *ouverture*.

Esta gorducha talvez saiba me informar alguma coisa: tem cara de quem está aqui há muito tempo.

— Você — sim, você mesma. Sabe me dizer, eu não sou daqui estou chegando hoje, se a Desdêmona ainda está na casa, ou se porventura já se mudou?

Desdêmona: uma que tem um olhar assim meio triste, distante, como que perdido...

V

— Sabe quem virou puta? A Desdêmona.

A tranquilidade com que Evaristo me contou, entre duas piadas, o acontecido, só me fez ficar ainda mais perplexo. Se me houvesse contado entre prantos, talvez eu aceitasse a verdade como um fato indiscutível, algo situado acima do bem e do mal, como a própria morte ou então um estado de loucura.

Ele, que fizera parte do nosso grupo, tinha tanto quanto eu motivos para estarrecer-se e no entanto se voltava para admirar um automóvel que passava. Sabia-o cínico, candidato mesmo a vereador, mas aquela sua indiferença causou-me engulhos.

Já fazia alguns anos desde que tudo acontecera, e só aos poucos me fui informando, com o próprio Evaristo, dos detalhes do caso. Ele próprio parecia não saber muito, nem tivera tempo ultimamente para cuidar dessas coisas, a política, meu caro, você não imagina o quanto ela é absorvente: simplesmente a vira um dia, ou melhor, uma noite, à janela da pensão da Tubertina, calada e espiando a rua como se olhasse para um deserto. Mas era ela mesma, não havia dúvida, embora ela não o houvesse visto e logo se tivesse retirado para dentro da casa: tinha os mesmos cabelos negros e corridos, o nariz ligeiramente adunco, aqueles olhos que não deixavam margem a nenhum engano. Depois tivera confirmação do fato pelo próprio pai, dela e não dele, que lhe contara tê-la espancado uma vez em plena rua diante de todo mundo, salvando assim em parte a honra da família. Estava bêbedo como sempre, o velho Miguel, quando a espancara e quando lhe contara o espancamento, e chegou a chorar na sua presença, de ódio e de vergonha, pois sempre fui um sujeito pobre mas honrado, Seu Evaristo, apenas com este maldito vício da bebida.

Da pensão da Tubertina ela acabara passando para a de dona Zulmira — lá onde foi o Cine Royal, lembra-se? — naturalmente para ficar mais distante do pai, que entre uma bebedeira e outra sempre poderia cismar de matá-la. Ele, Evaristo, não era de frequentar tais lugares desde que ficara noivo de uma garota muito religiosa e cujo pai era riquíssimo — e assim não tivera oportunidade de vê-la nunca mais, embora a soubesse ainda morando na cidade, lá mesmo onde assistíamos às nossa fitas por quinhentos réis, mesmo porque, naquele tempo éramos mais pobres do que Jó — lembra-se?

Eu me lembrava, e lembrava-me sobretudo de Desdêmona, pobre como nós e como nós criança, tomando banho no rio que passava pelos fundos de nossas casas e que depois acabou sendo desviado e saneado, virando essa espécie de atração turística da cidade. Fazia isso, então, uns doze anos mas era como se fosse ontem, e podia até recordar palavras inteiras que dizíamos aos gritos uns aos outros, naquela alegria que só a inocência, não a meninice, sabe e pode dar uma vez na vida e para a vida inteira.

Nos anos que se seguiram, a imagem de Desdêmona não mais me saiu do pensamento, embora eu vivendo longe e tendo todos os motivos para esquecê-la — às voltas com o meu futuro, o que é hoje apenas este presente. Ia pela rua, pensando em coisas, nos exames, o livro debaixo do braço, e súbito lá via Desdêmona servindo café num bar, aquele mesmo jeito seu de antigamente, brincando de garçonete por detrás do balcão, uns seios que eu não lhe conhecia. Uma vez, no bonde, tive que ir até o banco da frente para ver se não era ela, o vestidinho pobre, o mesmo modo de deixar cair a cabeça para o lado, como se lhe pesasse às vezes o pensamento: só então me dei conta de que ela já seria então uma mulher, e não mais como eu ainda a imaginava, como teimava ainda em imaginá-la — fora do tempo e do espaço.

Casei-me, me formei, escrevi livros, deixei crescer o bigode, depois a barba, renunciei a tudo de uma vez, tentei sem muita convicção o suicídio, conheci Adélia, Ona, Rosaura, embriaguei-me, embriaguei-me, embriaguei-me. Até chegar, não chegando, exatamente a isto.

VI

Os olhos de Desdêmona junto à escada.

Observam num relance a sala, os dançarinos, vão de mesa em mesa até que pousam em mim. Hesito, faço-lhes um sinal.

— Me chamou?

— Chamei, sim. Sente-se.

Ela e os seus olhos: o que ainda resta dela. Evito fitá-la mais demoradamente, com pena dela e de mim — até que me acostume pelo menos.

A vitrola agora toca um *blues*, os pares se apertando no meio da pista, a fumaça dos cigarros criando sem querer uma atmosfera. Aos poucos o salão se foi povoando e eu nem percebi; também já devo estar aqui há bem uma hora.

— Toma alguma coisa?

Chamo o garçom e peço duas bebidas e enquanto bebo o que resta no copo percebo que as minhas mãos tremem — a do copo e a outra. E no entanto eu estava calmo, perfeitamente calmo, até que ela viesse.

Sei que é Desdêmona porque sei, nem adianta agora querer entrar em razões dessa natureza. Se eu não tivesse certeza, simplesmente não a teria chamado: OS SEUS OLHOS.

Agora é apenas um vulto, calado como eu, fitando o vazio em frente, fitando todos os vazios em frente — de perfil como se temesse alguma coisa, todas as coisas. Assim posso finalmente observá-la melhor, como quem não está observando, os dedos tamborilando no copo que é para disfarçar minha emoção.

Desdêmona.

Faz mais de vinte anos que não nos vemos, que não a vejo senão em pensamento, e no entanto é como se fôssemos gêmeos tanto me habituei com a sua presença, com a sua ausência. Vinte anos que nos tornaram assim terrivelmente adultos, ou disfarçados de adultos, sem uma palavra a dizer um ao outro a não ser as essenciais, as que não são as essenciais. Este silêncio tem mais de vinte anos, mas só eu o sei, ela ainda não o sabe — é possível que não o venha a saber nunca.

Para aumentar ainda mais este constrangimento a música parou — e tão de repente que é como se fosse ter início o Juízo Final. O silêncio dessas vozes todas se afastando ou aproximando, desses passos que pisam noutro mundo e desses copos que de repente se põem a tinir, a retinir. O nosso silêncio.

O garçom volta com as bebidas. A voz da caftina grita uma ordem qualquer, alguém responde com uma gargalhada, tem-se a impressão de que o Juízo Final de fato já começou. Desde o início do mundo que ele já começou, mas aqui tem-se a impressão, com este cheiro de álcool e de fumo, e sobretudo com este cheiro de prostituição, que só agora Deus vai se apiedar das suas criaturas ou renegá-las de uma vez por todas.

Acendo um cigarro e ofereço outro a Desdêmona: minhas mãos já não tremem, de novo estou seguro de mim, o que é o mesmo que estar seguro de nada.

— Você é daqui?

Respondo que não; estou de passagem e volto amanhã mesmo. Minha voz não me trai, e fito-a finalmente de frente, bem nos olhos, como a desafiá-la a que me decifre, a que descubra em mim esse mistério que nos pertence e que talvez seja o nosso único bem. Posso então ver que, apesar de tudo e de todos, e sobretudo dela mesma, Desdêmona ainda é bela, dessa beleza que só os que amam sabem descobrir e que não tem nada a ver com a simples beleza. Além dos olhos descubro nela um resto de infância, na comissura dos lábios que procuram sorrir, no gesto com que leva o cigarro à boca, nas próprias rugas com que tenta, em vão, fingir-se mulher e perdida.

Nem de longe lhe passaria mesmo pela cabeça que eu seja eu, o menino que a olhou menina por cima do corpo de Donatello, num dia de muita chuva e com esse cheiro de morte que ainda trago nas narinas, no peito, na alma inteira? Sei que mudei muito, todos mudamos, eu talvez mais do que os outros — mas estes óculos, este começo de calvície, também estas rugas e até este ar meio cínico, tudo isto não passa de exterioridades e de pura transparência: no fundo estou aqui mais nu do que nunca estive, nu da cabeça aos pés como o menino que nunca deixei de ser em momento nenhum, agora exatamente ainda com água do rio me escorrendo pela testa e pelo corpo inteiro, e vendo-a também em toda a sua nudez sem carne e sem malícia, como se fôssemos de novo, e somos, e estamos sendo, nós mesmos e apenas nós mesmos.

Com os seus olhos, será que ela não me vê?

VII

Este barulho, esta fumaça me fazem mal; falta de hábito. Isto mesmo digo a Desdêmona.

Poderia dizer ainda: *vamos para o quarto* — afinal estou pagando, o código da casa me garante este e outros direitos. Mas digo:

— Vamos lá para fora. Está sufocante.

— Se a ideia parece estranha é porque tudo aqui parece estranho, a começar por nós dois assim fazendo de desconhecidos — e com essa caftina ainda no meio. Depois, estou sufocando mesmo, há vinte anos que estou sufocando e só agora me dou conta: respirando este ar infecto e todos os ares infectos, dia e noite, noite e dia, como um morto que respirasse e se respirasse. Infecto não o ar propriamente mas os que o respiram, assim como eu e todos os filhos-família e pais de família aqui presentes, gente direita e gente da direita, sem nunca ter passado pela cadeia ou pelo manicômio — honestíssimos e respeitadores sempre que preciso, e quase nunca é preciso.

Representamos a falsa casta dos castos, não exatamente nós, mas as nossas castas mulheres, e mães, e filhas, e noivas — todas donzelas até o dia em que o deixam de ser, algumas mesmo até a morte e enquanto a putrefação não lhes vem roubar a donzelice e o resto. Se ainda houvesse alguma dúvida sobre o sexo dos anjos, esses anjos ou aspirantes a anjos se encarregariam de desfazê-la, eles que vivem a pensar no sexo o tempo todo e o tempo todo vivem a renegá-lo. Mães, mulheres, filhas e noivas — tão cheias de pudor que só de pensar nelas me vem este asco, mais esta sufocação que me trazem estes seus representantes aqui presentes, eu entre eles, gargalhando ou não gargalhando, copulando ou não copulando, com o ar mais sórdido e inocente deste mundo. Só não os chamo de filhos da puta porque não o merecem: o que são mesmo é filhos de Deus, e parecem até tirar orgulho disso.

Os olhos de Desdêmona se levantam e se encaminham para a porta; se eu os estivesse levando para o matadouro agiriam desta mesma forma, sem uma pergunta, sem uma hesitação sequer. Que a tanto os habituou a vida, e por isso a chamam de mulher de vida.

Este ar súbito da noite — de tão puro me surpreende. Como se eu estivesse saindo de um pesadelo, e estou.

Daqui se vê quase toda a cidade, a esta hora já adormecida e como se estivesse morta: apenas, a distância, esse homem que vem ou que se vai, os passos estranhamente ressoando assim tão perto. Ou é a bebida que me dá esta acuidade assim tão imensa, agora sentindo toda a imensidão dos céus sobre a minha cabeça.

Desdêmona me olha com curiosidade pela primeira vez: está ao meu lado, recostada ao balaústre onde antigamente afixavam o cartaz do filme em exibição: *Hoje — Norma Talmadge*. Nessa semiescuridão, longe daqueles lustres infames, parece enfim mais ela mesma, ou ela criança fazendo uma de suas imitações de gente grande — sempre sem muito jeito, como se nunca houvesse visto uma prostituta pela frente.

— Está se sentindo melhor?

— Um pouco. Mas prefiro caminhar um pouco por aqui, com você.

— Venha.

VIII

Nesta praça antes havia um jardim com altas palmeiras: ou fomos nós que crescemos ou estas foram plantadas recentemente, e quase lhes podemos tocar as copas com os dedos. Não devemos ter crescido tanto assim.

— Ainda não sei o seu nome.

— Dorothy. Pode me chamar de Dote.

Dorothy. Seria cômico se fosse mesmo Dorothy e se tudo não passasse de um grande equívoco, meu e de Evaristo, e sobretudo do velho Miguel, sempre bêbedo e caindo pelas portas. Mas se o jardim já é outro, esses olhos, mesmo dentro desse corpo e assim pintados de infortúnio, são os mesmos — e ainda que estivesse cego eu os perceberia assim me fitando próximos e distantes, como vindos da infância.

Aqui nesse coreto, nos dias de festa, tocava sempre a banda da Força Pública, os dólmãs de um vermelho berrante que ainda me fere a vista.

— Sabe por que a chamei para vir comigo?

Explico que é porque não conheço ninguém na cidade e me sentia profundamente só esta noite — o que, sendo uma mentira, é também uma verdade, hoje ou sempre, aqui ou em qualquer outro lugar do mundo. Os que não morreram, do meu tempo, fazem papel de mortos, vestem-se como vivos mas já não enganam a ninguém, e a mim muito menos: e se ainda os cumprimento é apenas por superstição, como se se tira o chapéu diante de um carro fúnebre.

Quanto à solidão, basta lhe dizer — *Dote*, não? — que até escritor eu virei para poder conversar comigo mesmo sem dar muito na vista, e sem que me tomem por um doido varrido como acontece com muitos que conheço. Escrevo romances — você sabe o que é isto, não? — com personagens e situações de toda espécie, como se fossem vivas ou acontecessem mesmo junto de mim, tanto que estou sempre presente e me chamo sempre de *eu mesmo*. Não fosse isso, não fosse essa gente que crio ao meu redor para me fazer companhia, não sei o que seria de mim: aliás, uma vez já estive por um triz, com um revólver apontado para a barriga — logo para a barriga, imagine você. Mas estou falando de coisas que não interessam, ou que já não me interessam; fale agora um pouco de você.

— Preciso voltar. Nem ao menos avisei a dona da...

A dona da... amanhã estará lá mesmo, e eu já estarei longe. Não tenho este direito, mas gostaria que você ficasse comigo pelo menos mais um pouco. Aqui ninguém é dono de ninguém, fazemos o que bem entendemos com o nosso corpo, ele não tem nenhum preço e nem eu quero lhe comprar o seu por nenhum dinheiro deste mundo. Depois a levarei de volta, daqui a pouco: mesmo porque a noite está belíssima e não é sempre que se tem uma noite assim belíssima para fazer a gente esquecer que é infeliz, como você e eu estamos fazendo.

Descendo esta ladeira, é um pulo até o centro da cidade — e não há nada mais impressionante do que o coração de uma cidade pulsando só para a gente, assim de madrugada. Parece até que já escrevi isto num livro, nem me lembro a propósito do quê.

Nesta ladeira, Dorothy ou Dote, mas isto eu não lhe digo, eu morei depois que você desapareceu da minha vista e não da minha vida — ali justamente onde há aquele portão, que pode não ser o mesmo portão mas para mim é o mesmo. Nem a casa já é a mesma, hoje constroem-se edifícios e não casas, todo mundo entra pela mesma porta e lá dentro ninguém se conhece. Naquele tempo eu era o dono da ladeira e do mundo, ainda carregava um mundo de ilusões dentro de mim: — nem sonhava ainda em ser um dia escritor, o que significava que era um sujeito feliz, ou pelo menos quase isso. Este calçamento, a menos que me engane, ainda é o mesmo de antigamente — ainda posso sentir as minhas pegadas e até ouvir os meus passos dentro dele.

Mas agora fale um pouco de você.

IX

Esta ponte. No meu tempo não havia esta ponte, nem o rio passava exatamente por aqui.

Daqui, não fosse de noite, quase se podia avistar lá ao longe, onde existe aquela curva, o lugar onde eu e uns meninos, e umas meninas, tomávamos banhos juntos no rio, como se fôssemos uma família só — e éramos uma família só. Apenas consigo me lembrar de Helena e de Desdêmona, embora houvesse também uma outra, ou pelo menos houve durante alguns tempos, como também houve Donatello, o que a morte levou ainda menino — o mais feliz de nós todos pelo visto, pois nunca mais voltou para se queixar de coisa alguma.

— Você sabe, Desdêmona...

O espanto, mais do que isso: o pavor — nos olhos enormes, pintados como se fossem entrar num palco ou num picadeiro.

— Por que você disse Desdêmona?!

Não foi nada. Foi uma pequena que eu conheci há muitos e muitos anos, numa cidade distante onde vivi, já nem me lembro exatamente onde.

— Por que disse Desdêmona?

Os olhos de Desdêmona põem-se a fitar-me com angústia — ainda maiores, enormes, como se eu acabasse de desnudá-la em plena rua, e não só desnudá-la como tirar-lhe toda essa espessa camada de pintura, e a pele e até os ossos, deixando-a apenas com as suas entranhas à mostra.

— Como você sabe o meu nome?

Inútil querer recuar; nem eu tenho nenhum interesse nisso: nenhum. A ponte, o rio, desobrigaram-me, de repente, de tudo que não seja eu mesmo, o meu passado, o nosso passado. Não é apenas ela que está nua agora: eu também estou — e sinto até este frio percorrendo-me a espinha até a raiz do cérebro, até a alma, quase me roubando a voz.

— Bem; havia um menino, Desdêmona, que brincava com você e os outros meninos na beira do rio, entre as velhas mangueiras do quintal: um menino feio, sardento, sem graça, e até um pouco gago, e que nunca mais conseguiu esquecê-la...

— Você era o Dalton...

— Eu *sou* o Dalton.

As águas do rio deslizando lentas sob os nossos pés — em silêncio, como estamos agora eu e Desdêmona — os três cúmplices novamente reunidos, não mais nesta noite mas neste dia cheio de sol, as vozes de Heraldo e Helena e Evaristo chegando-nos de entre as árvores, do cercado onde ficavam os bichos reais e os irreais: a nossa Arca de Noé.

Os ombros de Desdêmona, como os de uma menina, neste choro convulso, desamparado — e eu sem coragem de estender-lhe a mão, sem forças para dizer-lhe ao menos *Meu Amor*, tocá-la com os dedos, mostrar-lhe que as minhas lágrimas por dentro são mais quentes e profundas do que as suas:

que as venho chorando sem chorar todo esse tempo, desde aquele dia em que Evaristo...

Quem passasse por nós, neste instante, jamais poderia imaginar se tratasse de duas crianças chorando toda essa caudal deste rio — em silêncio como ele e como ele vindo de longe, rumo ao desconhecido desta noite e de todas as noites que hão de vir e virão até a Noite Final, que nos dará de novo a inocência perdida e nunca perdida. Felizmente que a rua está deserta, com apenas os faróis apagados daquele automóvel fitando-nos sem compreender, fitando-nos e ainda fitando-nos, como se tentassem em vão penetrar o mistério do sofrimento humano, da solidão humana, de tudo que faz do homem a mais vulnerável das criaturas, justamente porque a mais capaz da maior grandeza e da maior miséria.

O rosto de Desdêmona: a sua verdadeira face. Já não chora mais, apenas fita o rio na direção das águas onde nos banhávamos e nos banharemos sempre, enquanto restar, e há de restar, esta memória feita mais de sonhos que de horas e minutos — esse nosso passado e que não passará nunca. A imaginação que eu ponho nos meus livros de nada me vale agora, faltam-me as palavras e os gestos, tento em vão estender-lhe um lenço para lembrar-lhe a minha presença, dizer-lhe, sem dizer, que nem tudo está perdido, que ainda somos nós dois e sobretudo ela é ela mesma, Desdêmona e não Dorothy, e não Dote, apesar das aparências e que não passam de aparências.

Na torre da Matriz o velho relógio, o mesmo de nosso tempo, bate uma vez e depois outra vez, como se confirmasse o que não digo e que estou dizendo, ele que também nos acompanhou até aqui e nos acompanhará até o fim dos tempos, o mesmo e sempre o mesmo.

Esse caminhão de carga cheio de luzes, que desponta, barulhento na esquina do mercado, faz com que de repente voltemos à realidade. E quando passa por nós, lentamente — sem que eu saiba muito bem de quem partiu o gesto, se meu ou se dela, ou se de nós dois ao mesmo tempo — tenho entre as minhas, lívida, a mão de Desdêmona.

X

Avenida da Saudade: um nome tão bonito, e leva apenas ao cemitério. O destino das coisas belas.

O motorista não deve estar entendendo nada de nada. Uma noite como esta, e esses dois tipos, uma puta ainda por cima, rodando sem rumo pela cidade deserta, e sem trocar palavra como se nem ao menos se conhecessem. Só podem estar bêbedos.

Nunca estivemos mais lúcidos, eu pelo menos — e se não estamos conversando é porque justamente não precisamos de palavras para conversar, e nossas mãos assim juntas dizem mais do que tudo. É rodar e rodar que para isso e não para dar explicações, para nos dar explicações foi que entramos neste táxi desconjuntado, e que já devia estar fazendo companhia àqueles mortos agora ali dormindo do outro lado do muro. — Lá estão meus pais e alguns dos meus irmãos, esquecidos de tudo e logo esquecidos de todos, com o seu silêncio sábio igual a este meu, a este nosso, ou a qualquer outro silêncio. Boa noite, boa eternidade para vocês — e até a vista!, que agora estou vivendo, recomeçando a viver, e não tenho a mínima vontade de lhes fazer companhia.

O colégio onde estudei e onde não aprendi nada. Nem eles tinham lá o que me ensinar, os pobres coitados, fechados lá dentro como num túmulo: só agora estou vendo o quanto a coisa se parece mesmo com um mausoléu. Como é possível que se confie um filho a uns eunucos desses, que a pretexto de religião só usam o sexo para urinar ou para ter maus pensamentos, e veem numa criança não uma criança mas o adulto futuro, como se não houvesse Donatellos que morrem cedo ou, mesmo não morrendo, continuam Donatellos a vida inteira, mais puros do que a pureza desses puritanos possa jamais imaginar!

Aqui, antigamente, havia uma casa de loucos; quando vínhamos para as aulas, se havia sol, víamos os loucos tomando sol no grande pátio sem árvores, as cabeças rapadas e rindo-se a propósito de tudo e de nada; às vezes, mesmo sem sol tomavam sol. Hoje desconfio que se riam mas era à nossa custa, vendo-nos com os nossos livros e sempre apressados — e teriam carradas e carradas de razão para isso.

(Os dedos, a palma da mão de Desdêmona: assim como se fosse o calor de um ninho, ainda que seja apenas meu esse calor. De qualquer forma esta sensação de um pássaro dentro da minha mão, e sobretudo a de um coração dentro desse pássaro, assim pulsando e pulsando...)

A casa do Seu Amâncio, o que foi a casa do que foi Seu Amâncio. Engraçado: lembro do nome e não me lembro da fisionomia — o que prova, afinal de contas, que o nome é muito mais importante do que o rosto e do que o resto. Deus, por exemplo: nunca ninguém lhe viu o rosto e muito menos o resto, e no entanto... Depois da Coca-Cola ainda é o nome mais conhecido.

Este calhambeque até que ainda sabe correr. Não precisa correr tanto assim, meu amigo, meu inimigo; senão ainda acabaremos dando volta em torno de nós mesmos, como fazem os cachorros quando cismam de pegar o próprio rabo. A mim não me interessa apanhar o próprio rabo, e nem creio tampouco que lhe interesse; essa maldita mania de correr atrás de tudo, atrás do nada. E até que estou me sentindo feliz hoje, agora, e de um humor que havia muito tempo não me conhecia. Ainda uma hora atrás — não: um pouco mais — eu seria capaz de matar um homem como se mata uma mosca, ou uma mosca como se mata um homem: nem fiz a barba com nojo de me ver no espelho. E agora...

Deixe-me ver este jardim. Este eu conheço bem, já curti não sei quantas paixões momentâneas e impossíveis dentro dele, onde antes ali havia um coreto todo cheio de histórias e que depois removeram, não sei por quê, para aquela praça aonde só vão os pobres. Nisso pelo menos os pobres saíram ganhando. Mas nem eu reconheço mais este jardim, nem ele há de me reconhecer: estou vendo até um busto ali de um sujeito que me é inteiramente desconhecido. Passemos adiante.

(Os olhos fechados de Desdêmona. Em que estarão eles pensando, com que estarão sonhando? Que não dormem, eu sei pela sua mão: a mão de quem dorme não fica acordada deste jeito, não tem este calor diferente que, seja meu ou seja dela, só pode vir de quem está se sentindo feliz com a gente, o que é a melhor prova de que está feliz consigo mesma. Seus olhos estão fechados mas mesmo assim eu sei que estão abertos, mais abertos do que nunca.)

Eu seria capaz de escrever vinte livros só esta noite, sobre esta cidade e sobre todas as cidades do mundo — mesmo e sobretudo sobre as cidades desconhecidas como esta. Essa história de dizer que o artista só é capaz de criar no infortúnio é uma rematada tolice, ou pelo menos está sendo hoje.

Estou de uma felicidade de que me sentia incapaz novamente, e no entanto sei, sinto, que se me sentasse à mesa agora seria capaz de escrever toda uma *Ilíada* e toda uma *Odisseia* reunidas — e de uma assentada só. Me conheço e sei quando isso acontece, pode acontecer.

Mas ainda existe mesmo a agência do Chico Dimas? Ou serão os filhos que, depois de o enterrarem como ele enterrou a metade da população, resolveram continuar o negócio, que é realmente um negócio? A fachada é moderna, os caixões pelo visto parece que também são outros — nem poderiam ser os mesmos — mas o melhor mesmo é esquecer o Chico Dimas e toda a sua prestativa família.

Pode continuar andando e nem precisa me consultar para onde. Já disse que quero passear pura e simplesmente, eu e esta donzela puríssima que tenho aqui ao meu lado — donzela não: menina de seus doze anos, se tanto, como eu mesmo tenho os meus doze anos e nunca sairei deles, que não sou idiota para me meter a adulto outra vez. Vá rodando e rodando até se cansar, e até depois que se cansar. Eu pago, e pago generosamente, embora a meu ver uma coisa exclua necessariamente a outra: mas isso já é filosofia e das baratas, e também das baratas, e tudo quanto é filosofia hoje eu mando simplesmente à merda.

Isto! — vamos conhecer pela milésima vez o bairro dos ricos, lá onde os ricos fazem novos ricos com o ar mais entediado deste mundo, com o crucifixo na parede para lhes dar mais ânimo na hora do sacrifício. Chamam o casamento de sacramento mas o que ele é mesmo é um sacrifício, como existe o sacrifício da missa e outros igualmente piores. A cópula, para esses veados, é um ato sublime cheio de nove horas — e tenho a ligeira impressão de que suas castíssimas esposas têm o pudor até de abrir as pernas na hora mais competente, para não se parecerem com as operárias e as demais putas do Universo — e já inventaram até algum processo de copular sem se sujar ou desmanchar o penteado — a menos que se trate dos seus amantes, evidentemente.

(Desdêmona abre os olhos, mas volta a fechá-los quase imediatamente. Não quer nada com este mundo ou com esta cidade — e minha mão na sua lhe assegura que lhe estou dando inteira razão. Deixe, que eu vejo por nós dois, com nojo, porém, com o mais total desprendimento.)

— Pode parar ali, adiante da esquina.

XI

Voltarei para buscá-la — um dia.

Não, não tenho pressa. Quem esperou vinte anos pode muito bem esperar mais vinte. Já nem uso relógio para isso.

Estou brincando, claro. Pode ser amanhã, pode ser daqui a uma semana, um mês, dois. Tenho de primeiro ajeitar certas coisas, mandar passear certas gentes: tudo aconteceu tão de repente, você sabe, embora eu já o estivesse esperando há tanto tempo. Sou dono do meu destino, mas convém fazer as coisas com certo jeito para não atrair muito a ira dos deuses — você sabe como essa gente é.

Que você me pertence, como sempre me pertenceu, não tenho e não tenha dúvida: por isso mesmo é que não tenho pressa nenhuma. Nem seria agora que iria permitir que a chamassem de Dote impunemente, os que fazem tudo impunemente e por isso se julgam honestos e até honestíssimos, e até fazem códigos para provar o que é o bem e o que é o mal. Uns santarrões é o que são; nem sequer uns pobres diabos: — uns pobres deuses.

Para mim você continua sendo a mesma de sempre, como eu continuo a ser o mesmo — e nem teria vindo aqui se eu não tivesse disso absoluta certeza. Nem lhe peço que me espere, que não temos feito outra coisa a vida toda, tanto um quanto o outro, mesmo sem saber ou procurando esquecer.

Não, não vou subir.

Somos duas crianças, hoje. Sempre. Pode parecer ridículo, deve ser mesmo tremendamente ridículo, mas preciso de tempo para habituar-me com a ideia de que, sendo uma criança, você possa também ser uma mulher, a única mulher na minha vida: dentre todas, a única. Daí porque virei buscá-la amanhã, ou dentro de uma semana, ou de um mês, dois.

Hoje, Desdêmona, você é para mim a própria imagem da inocência e da pureza.

Victor
GIUDICE

Victor Giudice estudou estatística, pintou anúncios em cortinas de teatro e se correspondia com amigos por meio de sonetos. Foi funcionário do Banco do Brasil, leitor de tarô, crítico musical influente e *gourmand* apaixonado por queijos franceses e salgados de boteco. Desde criança, porém, animava os vizinhos de rua em São Cristóvão praticando a maior de suas muitas vocações: a de contador de histórias. Nascido em Niterói em 14 de fevereiro de 1934, Giudice foi morar ainda aos cinco anos no bairro entre o Centro e a Zona Norte do Rio, onde passou boa parte da vida e que viria a integrar seu universo ficcional. Descobriu o gosto pela literatura na casa de um vizinho, dr. Azevedo Lima, onde lia das histórias de detetive de Arthur Conan Doyle à prosa existencialista de Jean-Paul Sartre. Lá conheceu Leda, filha caçula do dono da casa, com quem se casou e teve dois filhos, Maurício e Renata. Nos anos 1980, se casaria pela segunda vez, com Eneida Santos. Publicou seu primeiro conto em 1969 no *Jornal do Escritor*, editado pelo romancista José Louzeiro, e fez sua estreia em livro em 1972, com *Necrológio*. A primeira história do livro, "O arquivo" (compilada aqui), viria a se tornar sua narrativa mais conhecida, incluída em antologias no Brasil e no exterior. O trabalho no Banco do Brasil, onde ingressou na década de 1960, inspiraria este e outros contos sobre o absurdo cômico, mas também brutal, da rotina burocrática. Em 1979, a publicação de *Os banheiros* consolidou o reconhecimento de Giudice como "um dos nomes mais expressivos da ficção brasileira contemporânea", nas palavras de Caio Fernando Abreu. A estes livros, seguiram-se o romance *Bolero* (1985); o livro de contos *Salvador janta no Lamas* (1989), pelo qual recebeu o prêmio da Associação Paulista de Críticos de Arte; *O Museu Darbot e outros mistérios* (1994), também de contos, ganhador do Prêmio Jabuti; e o romance *O sétimo punhal* (1995). Ao morrer, em 1997, deixou o romance *Do catálogo de flores*, do qual constavam os quatro capítulos iniciais e anotações resumidas sobre o que pretendia incluir no decorrer da trama. Essa obra inacabada foi publicada postumamente em 1999, juntamente com a segunda edição de *O Museu Darbot e outros mistérios*.

O arquivo

No fim de um ano de trabalho, joão obteve uma redução de quinze por cento em seus vencimentos.

joão era moço. Aquele era seu primeiro emprego. Não se mostrou orgulhoso, embora tenha sido um dos poucos contemplados. Afinal, esforçara-se. Não tivera uma só falta ou atraso. Limitou-se a sorrir, a agradecer ao chefe.

No dia seguinte, mudou-se para um quarto mais distante do centro da cidade. Com o salário reduzido, podia pagar um aluguel menor.

Passou a tomar duas conduções para chegar ao trabalho. No entanto, estava satisfeito. Acordava mais cedo, e isto parecia aumentar-lhe a disposição.

Dois anos mais tarde, veio outra recompensa.

O chefe chamou-o e lhe comunicou o segundo corte salarial.

Desta vez, a empresa atravessava um período excelente. A redução foi um pouco maior: dezessete por cento.

Novos sorrisos, novos agradecimentos, nova mudança.

Agora, joão acordava às cinco da manhã. Esperava três conduções. Em compensação, comia menos. Ficou mais esbelto. Sua pele tornou-se menos rosada. O contentamento aumentou.

Prosseguiu a luta.

Porém, nos quatro anos seguintes, nada de extraordinário aconteceu.

joão preocupava-se. Perdia o sono, envenenado em intrigas de colegas invejosos. Odiava-os. Torturava-se com a incompreensão do chefe. Mas não desistia. Passou a trabalhar mais duas horas diárias.

Uma tarde, quase ao fim do expediente, foi chamado ao escritório principal.

Respirou descompassado.

— Seu joão. Nossa firma tem uma grande dívida com o senhor.

joão baixou a cabeça em sinal de modéstia.

— Sabemos de todos os seus esforços. É nosso desejo dar-lhe uma prova substancial de nosso reconhecimento.

O coração parava.

— Além de uma redução de dezesseis por cento em seu ordenado, resolvemos, na reunião de ontem, rebaixá-lo de posto.

A revelação deslumbrou-o. Todos sorriam.

— De hoje em diante, o senhor passará a auxiliar de contabilidade, com menos cinco dias de férias. Contente?

Radiante, joão gaguejou alguma coisa ininteligível, cumprimentou a diretoria, voltou ao trabalho.

Nesta noite, joão não pensou em nada. Dormiu pacífico, no silêncio do subúrbio.

Mais uma vez, mudou-se. Finalmente, deixara de jantar. O almoço reduzira-se a um sanduíche. Emagrecia, sentia-se mais leve, mais ágil. Não havia necessidade de muita roupa. Eliminara certas despesas inúteis, lavadeira, pensão.

Chegava em casa às onze da noite, levantava-se às três da madrugada. Esfarelava-se num trem e dois ônibus para garantir meia hora de antecedência.

A vida foi passando, com novos prêmios.

Aos sessenta anos, o ordenado equivalia a dois por cento do inicial. O organismo acomodara-se à fome. Uma vez ou outra, saboreava alguma raiz das estradas. Dormia apenas quinze minutos. Não tinha mais problemas de moradia ou vestimenta. Vivia nos campos, entre árvores refrescantes, cobria-se com os farrapos de um lençol adquirido há muito tempo.

O corpo era um monte de rugas sorridentes.

Todos os dias, um caminhão anônimo transportava-o ao trabalho.

Quando completou quarenta anos de serviço, foi convocado pela chefia:

— Seu joão. O senhor acaba de ter seu salário eliminado. Não haverá mais férias. E sua função, a partir de amanhã, será a de limpador de nossos sanitários.

O crânio seco comprimiu-se. Do olho amarelado, escorreu um líquido tênue. A boca tremeu, mas nada disse. Sentia-se cansado. Enfim, atingira todos os objetivos. Tentou sorrir:

— Agradeço tudo que fizeram em meu benefício. Mas desejo requerer minha aposentadoria.

O chefe não compreendeu:

— Mas seu joão, logo agora que o senhor está desassalariado? Por quê? Dentro de alguns meses terá de pagar a taxa inicial para permanecer em nosso quadro. Desprezar tudo isto? Quarenta anos de convívio? O senhor ainda está forte. Que acha?

A emoção impediu qualquer resposta.

joão afastou-se. O lábio murcho se estendeu. A pele enrijeceu, ficou lisa. A estatura regrediu. A cabeça se fundiu ao corpo. As formas desumanizaram-se, planas, compactas. Nos lados, havia duas arestas. Tornou-se cinzento.

joão transformou-se num arquivo de metal.

A peregrinação da velha Aurideá

Quando pois dás a esmola,
não faças tocar a trombeta diante de ti,
como praticam os hipócritas nas sinagogas e nas ruas,
para serem honrados dos homens.
Em verdade vos digo, que eles há muito
já receberam a sua recompensa.
(Mateus, Evangelho, 6.2)

E, como tudo se apresentasse claro e os joelhos não tivessem a mesma energia de outrora, nem a mesma fé nas ladeiras, Bartholomeu sentou-se no primeiro degrau da escadaria da Sé e estendeu o chapéu à caridade pública.

(em nome do pão do frio da fome que eu sinto amém)

Na véspera, houve andorinha frita com farofa de tanajura, mas o inverno chegou à meia-noite arroxeando as unhas do mundo, pedras de rua, assobiando silêncios, afugentando aves de peito macio.

Bartholomeu fumou palha retorcida, o nariz no calor da brasa, até o dia voltar. Voltou: o sol era uma lua mais clara.

Olhou a igreja, a neblina na praça, a praça na neblina.

(a neblina levou a praça)

Levou as árvores, os postes, as pessoas que não passavam, as luzes das casas mortas.

E, como também levasse a vergonha, Bartholomeu sentou-se no primeiro degrau da escadaria da Sé e estendeu o chapéu à caridade pública.

(em nome do pão do frio da fome que eu sinto amém)

O falso dia subiu vagaroso, despertando sobretudos mofados, cachecóis, meias de lã, botas de camurça e luvas apressadas que espantavam a neblina.

A umidade esfriava o feltro obrigando Bartholomeu a trocá-lo de mão a cada instante para não congelar os dedos.

O chapéu, vazio.

Por pouco tempo. Alguém se aproximou fazendo o sinal da cruz: a fé e o pobre.

(em nome do pão do fr)

A moeda despencou no ar e Bartholomeu sentiu o choque no fundo ex-vazio.

A mulher arrastou os sapatos brancos na calçada, fez outro sinal da cruz, arrastou os sapatos brancos, fez outro sinal da, arrastou os sapatos, fez outro, arrastou, outro, arrastoutro, rastoutro, rastou, rastou.

Bartholomeu viu a velha sumir na última esquina, três quarteirões adiante, bem na metade de um sinal da cruz.

(moeda pesada)

A aba dobrou sob o peso repentino.

(engraçado)

Pensou em guardar a esmola no bolso, mas o chapéu inclinou mais um pouco.

Foi ver a moeda e as pupilas boiaram no susto: estava maior.

(cresceu)

O diâmetro igual a um palito de fósforo e cinco minutos depois, do tamanho de um cigarro.

Bartholomeu deixou a coragem no primeiro degrau da escadaria da Sé e ficou tremendo no meio da praça.

As crianças riam.

Bartholomeu mostrava o fenômeno, cujo peso aumentou ainda uma vez.

Os transeuntes tropeçavam no medo de Bartholomeu e no riso dos meninos. Um homem ordenou que um deles fosse chamar Sideral Fumaça.

Num instante, a praça da Sé fervia em apupos e palavrões roucos, enquanto os curiosos formavam um círculo amedrontado em redor de um velho de barbas amarelas e casacão vermelho: Sideral Fumaça, o bruxo desmoralizado à custa de sucessivas falhas em promessas de chuva.

Enfim, Sideral balançou a barba, provocando um silêncio debochado.

— Que está acontecendo?

E os olhos apertaram-se em direção à moeda estranha, já agora maior que um pires.

Pegou o dinheiro, examinou, cheirou, considerou o peso passando-o de mão a mão e concluiu:

— Cobre.

O povo repetiu às risotas:

— Cobre.

Fumaça rodopiou um braço ameaçador e encarou Bartholomeu:

— Quem fez a caridade?

— Tinha sapatos brancos, arrastava os pés e fazia sinais da cruz.

O bruxo coçou a barba, devolveu a moeda e atirou vitórias à multidão:

— Auridéa. A esmola está encantada.

As vaias não conseguiram abalar Sideral Fumaça, a cara apontada às nuvens:

— Outra peregrinação da Velha Auridéa. É sempre assim. Começa na Sé e termina na Virgem Sagrada do Sangue Vertido. Até lá são treze igrejas. Quantas vezes o peso aumentou?

Bartholomeu não entendia:

— Umas quatro ou cinco.

Agora, eram as barbas amarelas que tremiam:

— Vai, filho. Vai pelo atalho do sul. Só deste modo chegarás ao Sangue Vertido antes dela. Auridéa é um relâmpago naqueles sapatos. Passará pela Cruz Ensanguentada, por Nosso Senhor das Aflições Credoras, pela Mártir Dolorosa da Lágrima Perdida, pela Virgem Santíssima do Outeiro Imaculado, pela Mãe Amantíssima do Mistério Revelado, pelos Sete Milagres dos Cravos de Christo e pela Nossa Senhora do Sagrado Desespero. Entretanto, não deverá cruzar o Sangue Vertido antes de ti. Em cada igreja que passar, a moeda aumentará de peso e de tamanho, até que não poderá mais te pertencer.

Calou-se, deu meia volta e abriu passagem entre gargalhadas e temores.

Bartholomeu não titubeou. Meteu a moeda num saco de aniagem e as pernas pelo atalho do sul.

Não havia andado cem metros e o cobre aumentou um quilo.

(MÃE MISERICORDIOSA DA CRUZ ENSANGUENTADA)

Veio a noite espalhando geada nos caminhos. Bartholomeu ouviu o estômago gemer e avistou as luzes desfeitas da cidade.

O peso dobrou.

(NOSSO SENHOR DAS AFLIÇÕES CREDORAS)

Arrastava o fardo pela terra e tinha vontade de se jogar no mato orvalhado à espera da morte, mas foi despertado por tremendo solavanco.

(MárTIr dOLOrOSA dA LÁGRIMa PeRDIDA)

A aniagem repuxava. A moedinha de Auridéa era uma fatia do mundo.

(virGEM SANtísSima do outEIro ImaCulado)

Bartholomeu sentia os pés úmidos de sangue, mas não houve dor. Caiu pela primeira vez.

(mãe amantíssima do miStÉrio ReveLado)

Caiu segunda.

(sete milagres dos cravos de cHristo)

E caiu terceira.

(nossa senhora do sagrado desespero e do MEU PRÓPRIO)

Era a última igreja antes do Sangue Vertido.

No horizonte, o sol enluarado começava a ressuscitar e, pelas bandas da escuridão, Bartholomeu adivinhou a torre negra da Matriz da Virgem Sagrada do Sangue Vertido.

Lá, a salvação.

Vieram forças desconhecidas.

(só mais uns metros)

Chegou. Quase cadáver. Mas chegou. Respirou fundo.

A moeda não havia sofrido nenhuma transformação desde Nossa Senhora do Sagrado Desespero, portanto, Auridéa estava perto.

E antes de tomar fôlego, percebeu um arrastar de sola cada vez mais próximo.

Ficou atento, a mão esquerda na ponta do saco, a direita no cabo da faca de depenar andorinhas.

Esperou que Auridéa chegasse junto dele e se apresentou:

— Sou o pobre da escadaria da Sé, a quem você deu de esmola uma moeda encantada.

Auridéa não respondeu. Apenas deixou escapar um grunhido comprido e fino, à medida que a lâmina lhe rasgava o coração, difícil, entre ossos secos.

Afinal, estirou-se nas pedras da calçada, os sapatos sujos de gotas ferruginosas. Os olhos ficaram abertos, perdidos entre rugas cinzentas.

Bartholomeu tremia, quando viu a moeda diminuir, diminuir, até ser moeda outra vez.

Enfiou-a no bolso e voltou.

Durante a viagem, gastou o dinheiro em café e pão com manteiga.

E, como tudo retornasse ao antes e o inverno tivesse afugentado as aves de peito macio, Bartholomeu sentou-se no primeiro degrau da escadaria da Sé e estendeu o chapéu à caridade pública.

(em nome do pão do frio da fome que eu sinto amém)

As luvas apressadas espantavam a neblina da praça.

Bartholomeu dormitava distraído e alguma coisa o acordou, ao bater no feltro enregelado.

Olhou. Era outra moeda. Amarela como as barbas do bruxo desmoralizado. Amarela e brilhante.

— OOOOOOOUUUUROOO

O grito retiniu nos sinos da Sé.

Ia agradecer a piedade, no entanto viu uma velha se afastar fazendo sinais da cruz e arrastando sapatos brancos com manchinhas de ferrugem.

Nas mãos crispadas, Bartholomeu começou a sentir a moeda encolher.

Apertou nos dedos o que ia sobrando de ouro,

(em nome do pão do frio da fome que eu sinto)

levan-

tou-se e foi chamar Sideral Fumaça.

(amém)

Narrativa do Número Um

(Fragmento do romance *Bolero*)

Fragmentos?
De que vale conhecer quase todos
se não conhecemos todos os quases?
(O Número Um)

— Houve um tempo em que um menino passava por baixo das lonas do circo e ia assistir ao espetáculo. Isso acontecia todas as noites porque sempre houve e sempre haverá circos de lona e meninos curiosos passando por baixo. Que tal? Você fazia assim? Não. Não responda. Para o menino a principal atração não eram os palhaços, os leões ou os trapezistas. Hem? Que tal? Só um número interessava a ele. O ato do pierrô. Um pierrô vestido de branco e pintado de branco. Os botões da roupa eram forrados de veludo preto. O resto era branco. Antes da entrada havia um silêncio. Ninguém respirava. Então, a banda começava a tocar uma dessas valsinhas bem vulgares e o pierrô aparecia no fundo do picadeiro, iluminado por um refletor de querosene. Vinha andando muito devagar, quase deslizando, e parava bem no meio. Hem? Ficava assim mais ou menos um minuto. De repente, os braços se levantavam assim, assim, e sem se saber como, surgia em suas mãos uma esfera prateada. Ficava imóvel mais meio minuto. Então, a esfera escorregava num dos braços, desaparecia nas costas e aparecia de novo, numa das coxas meio levantada. A bola parava na altura do joelho e continuava o percurso até o pé, metido numa sapatilha de pelica branca. Todos os movimentos obedeciam ao ritmo da valsa. Hem? Que tal? O menino se esquecia do mundo porque o mundo dele se resumia no circo e no pierrô da esfera de prata. Para ele, o mistério começava ali, naquele pouso no pé e na leveza com que a esfera reiniciava o passeio. A semente da grande obra. Hem? Que tal? Subia pela perna impulsionada por uma força inexplicável e dali em diante não parava mais. Acariciava o corpo do pierrô em todas as direções, sumia e tornava a aparecer. O rosto e o tronco ficavam imóveis. Só os braços e as pernas bailavam um leve três por quatro. À medida que a valsinha se aproximava dos últimos compassos, a esfera circulava pela cintura e voltava a subir pelo outro braço até alcançar a posição do início, o equilíbrio nas mãos levantadas. E quando a banda tocava o acorde final, a esfera de prata se desfazia tão simplesmente quanto havia aparecido. Hem? Que tal? A luz se apagava e o menino enxugava uma lágrima que sempre lhe causava grande vergonha. As luzes voltavam, vinham os palhaços, as feras, a mulher-aranha e o resto. Mas nada disso, nem mesmo a multiplicação, interessava ao menino. O importante era o pierrô e a esfera. Em casa, fugia para o quintal e tentava os mesmos truques com uma bola de borracha. Tardes e tardes de decepção. A borracha era desobediente. Além do mais não havia banda, valsa, refletor. As pernas tropeçavam no ar e o desequilíbrio acabava com a pose inicial. O menino caía, machucava os joelhos, e o desânimo durava até a noite, até o momento de passar por baixo da lona para esperar o número do pierrô. Então, a vontade renascia e, na tarde seguinte, gastava mais decepções com a bola de borracha. Um dia, aconteceu um milagre. Que tal? O menino conseguiu que a bola deslizasse pela perna e parasse bem em cima do pé. Que tal? E ainda mais. Conseguiu manter a posição durante uns cinco segundos. Você sabe o que são cinco segundos para quem não entende de tempo? Hem? Infelizmente a bola caiu e a esperança foi junto. Mas esperança quando cai acha graça, agradece os aplausos e trata de se levantar. O menino voltou aos exercícios e o malabarismo da perna e do pé foi adquirindo segurança. No fim de um ano estava perfeito. Hem? Que tal? A bola rolava pelo braço, passava pelas costas, descia na perna e flutuava no pé. Era o ponto em que o pierrô dava o impulso e fazia a esfera subir. Isto parecia impossível. E lá se foram mais dois anos de ginástica. O menino experimentou toda a sorte de movimentos. Dos mais leves aos mais nervosos. E nada. Mas não se desesperava. Afinal, a bola branca do pierrô não era de borracha. Quem sabe algum material diferente, feito de encomenda? Os artistas de circo têm segredos. O negócio era ter um pouco mais de paciência e de jeito. E o jeito apareceu. Hem? Que tal? Se alguém visse não acreditaria. Uma bola de borracha que não valia um tostão furado. Do pé subia para as costas e voltava aos braços. Depois recomeçava. Braço direito, braço esquerdo, perna direita, perna esquerda, parada nos pés, et cetera. Só faltava um detalhe. O início. A bola surgir do nada. O pierrô branco quando chegava no centro da arena não trazia nada nas mãos. E o menino estava cansado de ver. Todas as noites. As mãos vinham vazias e de repente, a esfera de prata. Que tal? Como era possível? O tempo foi passando e arrastando o como-era-possível. O menino cresceu e o pierrô ficou velho. Mas a bola prateada não perdeu o brilho, nem o rapaz perdeu o interesse da infância. Nesta época já estava com seus vinte anos e sem a solução do enigma do aparecimento da esfera. Uma noite, quando o espetáculo terminou, ouviu alguém chamar. Primeiro se assustou. E o susto ainda foi maior quando percebeu que era o pierrô branco quem chamava. Atrás da pintura do rosto havia um sorriso. A luva branca fazia um convite e o rapaz obedeceu. Que grande emoção ficar assim, frente a frente com o pierrô. Os dois não puderam falar durante muito tempo. O coração do rapaz se desencontrava, até que o velho artista deu uma pancadinha em seu ombro e disse... você está um homem. Hem? Que tal? Significava o inacreditável. Então o pierrô também notava sua presença durante o espetáculo, a ponto de observar seu crescimento? O rapaz não sabia o que responder e mesmo não foi preciso. O pierrô pegou-o pelo braço e conduziu-o a um dos carros do circo. Daí para a frente o jovem deixou de praticar no fundo do quintal e os mistérios da esfera de prata foram-se revelando no carro do pierrô. Hem? Que tal? Simplesmente não havia truques nem bolas de material fabricado sob encomenda. As coisas difíceis são difíceis. Pode crer. É difícil acreditar em tudo isto, porque acreditar é uma das coisas mais difíceis que existem. Depende da massa cinzenta de cada um. Quem não pensa não acredita. Quem não acredita nem sempre pensa. Não acreditar é mais fácil e mais cômodo. Talvez mais digno. A maioria das pessoas finge que acredita e fica por isso mesmo. Outro dia conversamos sobre os regulamentos. Hem? Cumprir os regulamentos é facílimo. Não cumprir é que é o diabo. Você sabe como nasce um regulamento? Quando alguém resolve desobedecer um antigo e fazer outro.

E sabe por que não se cumpre um regulamento? Porque se acredita numa coisa mais importante. Hem? Que tal? Concorda? O que eu estou pedindo é mais difícil do que acreditar, porque estou pedindo que acredite em sua própria crença. Não é difícil? Quer ver? O pierrô branco ensinou ao rapaz que a esfera de prata não existia. É. A esfera de prata não existia materialmente. Pelo menos antes e depois do espetáculo. Só havia esfera de prata durante o número. O pierrô entrava com as mãos abanando, fazia um gesto, concentrava o pensamento e pronto. A esfera aparecia, material, de verdade, fazia as evoluções ao compasso da valsa e era uma vez. Acreditou? Não. Não adianta virar os olhos para lá e para cá. Sei muito bem que você está me achando um grande maluco. Viu? Que tal? Não é fácil. Pois bem. Quando o pierrô contou isto ao rapaz ele também não acreditou. Acontece que o pierrô estava muito velho e havia acompanhado a trajetória do menino que se sentava na última fila e achou que ele seria seu substituto ideal. Achou que o menino era um eleito. Agora estava um homem e nos seus olhos existia um brilho, assim, assim et cetera e tal. A princípio o moço sentiu uma grande decepção, pois também julgou que o pierrô era louco. Não há medidas no mundo para medir a loucura de certos pierrôs brancos que andam por aí fazendo aparecer esferas prateadas. Mas veja bem. Só existem certos. Quer dizer, uns raros. Raríssimos. Às vezes, num século inteiro só nasce um pierrô branco. Hem? Que tal? Louco, maluco, doido por inteiro. Aquele pierrô nunca revelou a ninguém que a esfera não existia. Se revelasse, morria no ato. As pessoas quando saíam do circo elogiavam o truque do pierrô, que beleza, ninguém vê de onde ele tira a bola, deve ser da manga, mas é formidável. E no entanto, a esfera de prata saía do pensamento. Cristalizava-se, adquiria energia e virava matéria. Hem? Que tal? A incredulidade do rapaz durou poucos segundos, porque ele era de fato um eleito. Parou e pensou. Viu? Pensou. Veja como é difícil. O rapaz pensou muito, muito, e acreditou. O pensamento é punhal espetado no cérebro. As pessoas deixam de pensar porque não acreditam que um punhal espetado no cérebro possa não causar dor. Que tal? No dia seguinte, o rapaz foi para o fundo do quintal com as mãos abanando. E o punhal espetou o cérebro novamente. Foi-se afundando, afundando até não poder mais. Então, deixou que ele ficasse lá no último degrau do pensamento. Foi quando sentiu que a ponta se arredondava. O punhal estava saindo. Escorregava pela massa encefálica. E continuou saindo, saindo. O rapaz ergueu as mãos para retirá-lo e sentiu que não era mais um punhal. Era uma esfera. De prata. Igualzinha à do pierrô branco. Talvez um pouco menor. Mas era uma esfera prateada. O coração dava saltos, enquanto o cérebro permanecia imutável. A esfera brilhava em suas mãos. Então, escorregou pelo braço, pelas costas, pelas pernas, rodopiou na cintura, pousou no pé, subiu, desceu, tornou a subir, até desaparecer na ponta do punhal. Hem? Que tal? E tudo foi muito mais fácil porque o difícil havia sido dominado. O pensamento. Desta vez, os movimentos da esfera não dependiam de um simples equilíbrio corporal. O pensamento comandava. Bastava uma ordem mental. De noite, procurou o pierrô branco e lhe mostrou as conquistas da tarde. O pierrô sorriu e disse ao moço que a partir daquele instante ele é que faria o número. Hoje você ficará aqui à minha espera. Quero fazer meu último número. A última vez que apareço em público. Amanhã você fica no meu lugar e ninguém precisa saber que houve troca. Hem? Que tal? Depois do espetáculo o pierrô encontrou o rapaz, como haviam combinado. Agora não se assuste nem chame ninguém. Vou-me deitar e morrer. Ponha minha roupa, desfaça-se do meu cadáver e amanhã, não perca a hora do número. O moço não teve tempo de responder. O pierrô se deitou e fechou os olhos. Em dois ou três minutos deixou de respirar. O rapaz ficou só com o defunto e com a tarefa. E fez como lhe havia sido ordenado. No entanto, quando tirou a roupa do pierrô ficou assombrado. O corpo do pierrô morto praticamente não existia, comparado à esfera de prata. Era um quase nada composto de pernas e braços secos. Quatro galhos desfolhados. Dois em cima, dois em baixo. Nas pontas de cada galho havia gravetos menores. Cinco em cada. Os de cima, recobertos pelas luvas de camurça branca. E era aquele conjunto desengonçado, enrugado, aqueles caniços ridículos, que formavam o recheio da roupa de cetim. O pierrô branco morto era um vômito. Sua beleza era só pano e pintura. Nada mais. Hem? Que tal? Bem. É verdade que a esfera de prata servia de complemento, mas o resto. Puxa. O resto era um resto. Aquela montoeira de ossos podres é que o rapaz tinha que substituir. Era mesmo? Que tal? Aquela podridão fétida precisava ser substituída na noite seguinte? Quem se interessaria pelo número de um pierrô branco que não passava de um saco vazio? Não. Ninguém se interessaria pelo espetáculo interno. Pelo externo sim. Pela esfera de prata que nascia daquela fonte de loucura. Todas as sinfonias do mundo são esferas de prata brotadas de uma podridão. Você nasceu podre e vai morrer podre. Você tem um corpo cheio de orifícios por onde entram e saem podridões. Você escova os dentes sete vezes por minuto para ninguém sentir o cheiro da sua podridão. Você come podridões. Bebe podridões. Urina podridões. Defeca podridões. Depois, esconde as podridões que saem de você, como se ninguém soubesse que você urina e defeca. Existem cidades subterrâneas formadas de ruas e avenidas, canais e fossas, pontes e praças, só para esconder podridões humanas. Hem? Que tal? A humanidade engravatada e perfumada em banhos de lavanda. O cheiro da podridão é uma denúncia e ninguém quer ser denunciado. Hem? Que tal? Acontece que toda esta podridão deve ser respeitada. E acima de tudo, preservada. E sabe por quê? Pela beleza do pierrô branco. Ele ocultava sua podridão atrás da brancura falsa de alguns metros de cetim e de um pote de cosmético, e seu pensamento se transmutava em beleza. Numa esfera dançarina de valsas, capaz de fazer com que duas mil podridões esquecessem a própria verdade cinco minutos por noite. Não é bastante? Nenhuma podridão será perdoada se não se disfarçar em beleza. E era só isto que o pierrô branco fazia. E era só isto que o rapaz devia fazer daquele dia em diante. Daquele amanhã. E fez. Primeiro jogou fora o cadáver. Depois, pintou a cara, vestiu a roupa de cetim e se concentrou. Na hora exata, os tambores rufaram e ele entrou no picadeiro. É verdade que houve uma emoçãozinha. Sem isto ninguém passa. Não há loucuras sem emoções. Então, ele parou no meio do silêncio. Sssssst. Um silêncio de todos os lados. Que tal? O pensamento começou a funcionar. O punhal, o punhal penetrando o cérebro. Bem devagar. Até o fundo. Depois saindo, saindo. Os braços se erguendo naquela postura elegante que ele havia aprendido durante dez anos. Os olhos fechados, mas não houve medo. O que havia era uma confiança absoluta no pensamento. O pensamento é tudo. Não pode haver dúvida onde há pensamento. Enfim, o moço sentiu entre os dedos a superfície arredondada. A esfera de prata surgia pela primeira vez em sua carreira de pierrô branco.

A banda tocou os primeiros compassos da valsa, enquanto a esfera começava a obedecer às ordens do pensamento. Desceu pelo braço direito, passou pelas costas, foi até a perna esquerda, parou no pé, subiu, rolou na cintura, rodopiou no peito, acariciou a nuca, apareceu no alto da cabeça, equilibrou-se durante alguns segundos e reiniciou o bailado. O rapaz controlava o cérebro e observava o olhar da plateia formando um foco único, irmanado no esquecimento de tudo que se passava ao redor. Só lhes interessava o dinamismo da esfera de prata. A elegância de uma bola que obedecia aos comandos mentais de um pierrô branco. Só isso interessava naquele momento às duas mil caras anônimas que enchiam as arquibancadas. A esfera dançou até que o rapaz sentiu que a valsa ia terminar. Ordenou que subisse e ela obedeceu. Deslizou verticalmente entre os braços levantados e flutuou na ponta dos dedos. De repente, zupt. Bem no acorde final. Houve ainda um instante de silêncio. Depois, os refletores iluminaram a arena, os tambores tornaram a rufar e o rapaz se retirou numa confusão de charanga e aplausos. Hem? Que tal? Começou a acreditar ou vai telefonar para o carro forte? Mas ainda não cheguei ao fim. Isto foi só a primeira noite. A estreia. Houve muitos espetáculos depois deste. E a loucura do segundo pierrô foi um pouco além da loucura do primeiro. No fim de um ano de repetições, o novo pierrô começou a se cansar do número. Sabe lá o que é comandar uma esfera de prata que não existe, todas as noites, sem mudar nunca? O rapaz se sentia um idiota, um imitador de segunda classe. Queria ir além porque todos os loucos querem ir além da própria loucura. Pensamento não lhe faltava. Um belo dia, ou melhor, uma bela noite, em vez de uma esfera de prata, o punhal trouxe do cérebro duas esferas de prata. Hem? Que tal? Duas esferas em vez de uma. O pierrô viu o efeito no olho da plateia. Nos seus ouvidos perpassou uma exclamação multiplicada por dois mil. Entende? A plateia se desprendeu diante da nova beleza criada. Se naquele momento alguém já estava habituado à aparição de uma única esfera e assistia ao número mecanicamente, deixando o raciocínio se perder em outros caminhos, o aparecimento de duas esferas colocou a atenção no caminho certo. O da beleza. Hem? Gostou da segunda esfera de prata? Pois foi assim. Surgiu e imitou a dança da primeira. Enquanto uma delas rolava pelo braço esquerdo a outra fazia um movimento paralelo no direito. Nas pernas, nos pés. Na cintura desencontravam-se e rodopiavam em sentidos opostos. Mas a grande novidade veio no final. As duas bolas subiram pelos braços e quando a orquestra tocou o último acorde, as esferas se roçaram muito levemente e produziram um som cristalino, uma nota correspondente à nota dominante do acorde. E sumiram. Nessa noite houve um silêncio mais prolongado para compensar o peso dos aplausos. O rapaz experimentou uma emoção verdadeira. Os outros artistas foram abraçá-lo e dali para a frente ele não parou mais. O número com as duas esferas durou apenas o tempo da imaginação. E o tempo da imaginação é mínimo. Hem? Que tal? A imaginação é o milagre do pensamento. Sabia? Claro que não. Você é igual a todos. Nunca pensou. Quanto mais imaginar. Imaginar é muito mais complexo. Tão complexo que chega a ser mais simples. Quando a imaginação atinge o pensamento a loucura pode chegar ao máximo. E pronto. Não há explicação. A imaginação do pierrô funcionou de um momento para outro. Nas noites seguintes o número foi-se renovando. Veio a noite das três esferas. Depois quatro, cinco, seis, sete. Agora as esferas se tocavam durante o número e cristalizavam notas musicais idênticas às da valsa. Outras vezes compunham uma segunda melodia, um contraponto sobre o tema da primeira, intercalando os compassos da valsa com um virtuosismo invejável. Era tudo tão simples como tudo que é simples. Você deve estar achando que esse negócio é pura ficção e que eu sou um mentiroso desavergonhado. Pode ser que seja ficção mesmo. Hem? Sabe o que é ficção? É quase a mesma coisa que realidade. É uma realidade sem visões falsas. É isto que atrapalha. A ficção parece absurda porque é a realidade despojada de todas as mentiras. Portanto, todas as verdades são ficções e todas as realidades são mentirosas. Daí tira-se uma conclusão ou várias. Depende do gosto. Já leu os *Pensées*? Então leia, porque na véspera de morrer não dá tempo. Naquela última noite, o primeiro pierrô contou muita coisa ao rapaz. Que tal? Já ouviu falar na grande obra? Pois bem. A grande obra está fora de nosso alcance, mas nós não sabemos disso e lutamos a vida inteira para realizá-la. Só no final é que descobrimos que a grande obra ainda está do outro lado do infinito. Uma vez, pelo amor de uma operária desdentada que nunca lhe deu confiança, o palhaço Pons se vestiu de trapezista e foi tentar o salto triplo sem rede. Que tal? Deixou viúva grávida que morreu também sete meses depois. De parto. Mas o filho escapou. Era um monstro. Uma órbita vazia e a perna direita pela metade. Para Pons a operária seria a grande obra. Há coisas que temos de fazer e não sabemos que nunca será possível. Se eu pudesse voltar atrás, ia desvendar o segredo do homem que transforma açúcar em algodão colorido para vender às crianças. Deve ser muito mais simples do que trabalhar com sete esferas de prata. No entanto, o segundo pierrô não parou nas sete. Uma noite, já trabalhando com cento e sessenta e nove, resolveu dispensar a orquestra. Foi o ponto mais alto de sua carreira. As bolas adquiriram várias cores e tamanhos. Quando duas maiores se encontravam, faziam um som mais grave para contrastar com a nota de duas menores. Dessa maneira, surgiam combinações musicais, melodias cujo ritmo acentuava o bailado das esferas. O que mais encantava o pierrô era a surpresa dos espectadores durante o ato. Não ficavam indiferentes, como acontecia com outros números. Por exemplo, o quadro do domador com as feras era um sonífero de primeira. Quem pode se emocionar com um leão desnaturado, mais doméstico que uma priora de convento? A mesma coisa acontecia com o trio de aerialistas. De que vale um salto triplo, com ou sem rede, se ele já está prejudicado pelo automatismo da repetição? E o globo da morte que não mata ninguém? Era o sono barulhento. A plateia tapava os ouvidos antes de dormir. A pontaria do atirador de facas perdeu o efeito justamente na sua infalibilidade. O público vinha todas as noites esperar o último número, a multiplicação, e depois voltava para casa com a cara de sempre e a boca cheia de pão. O pierrô viu o interesse ressurgir na plateia quando o ato das esferas de prata apresentava alguma novidade. Era por isto que ele lutava. Pelos sorrisos quase imperceptíveis naquelas bocas sem expressão. Pelo brilho daquele olho descomunal e sem vida. Pelo aplauso. Hem? Que tal? Acontece que as acrobacias mentais têm limite. Um dia, esgotaram-se as probabilidades. O espetáculo parou em duzentas e oitenta esferas e o pierrô percebeu que não era nada daquilo que ele buscava, porque não era nada daquilo que lhe dava satisfação. Os aplausos continuaram mecânicos, mas a boca e a pupila da arquibancada se apagaram. Ele entrou na monotonia do cotidiano, no desinteresse e no afastamento. Hem? Que tal? Só então pensou na grande obra. Alguma coisa diferente de duzentas e oitenta esferas mentais que pudesse sacudir dois mil cérebros não pensantes, até dilacerá-los em dois milhões de partículas. Pena que você não tenha lido os *Pensées*. Mas não faz mal. Naquela época o circo funcionava em obediência a certos hábitos, vamos dizer, monárquicos. Isso. Havia dois erres: um de regulamento e outro de rei. O pierrô branco de tanto pensar chegou à conclusão que aos dois erres deviam-se opor três pês: picadeiro, plateia e pensamento. As bases do raciocínio fundamentavam-se no visível e no invisível. Hem? Que tal? Explico. Picadeiro e plateia, visíveis, a favor do rei. Pensamento, invisível, contra o rei. Picadeiro e plateia, realidades. Pensamento, verdade. Viu? Simples. Bastava o invisível dominar o visível, a verdade se sobrepor à realidade e à realeza, para a realização da grande obra. O desespero do segundo pierrô, condenado à própria arte, que lhe fora transmitida pelo primeiro e que ele soubera aprimorar através da purificação do pensamento e numa obediência cega aos princípios da beleza. Que perigo. Talvez, um dia ele transmitisse tudo a um terceiro pierrô e este a um quarto, um quinto. Até quando? Nada disso era suficiente, uma vez que a relação entre as esferas e o público mergulhava este mesmo público numa prisão sem grades. Aí estava a raiz da insatisfação. A arte que praticava compunha um mundo interior só existente em troca da apatia pelo mundo exterior. No momento em que atuava, injetava doses de ignorância no paciente transformando-o em latrina desumana, pronta a receber os excrementos ditados pelos artigos e parágrafos de tal ordem monárquica. E quem era o rei? Por favor, esqueça-se do reizinho datilógrafo lá de cima. Aqui não há lugar para ele. Ou então é só o que existe, lugar para reizinhos datilógrafos.

O verdadeiro rei não lidava com máquinas de escrever, nem anda ditando ordens pelos corredores de uma delegacia. O monarca não possui grande significação do ponto de vista em que nos colocamos para dar significação às coisas insignificantes ou para torná-las significáveis, dignas de nossa atenção, como por exemplo, uma árvore, um seio de mulher, um grão de terra. Nada disso. O rei é uma instituição antes de ser um rei, é um objeto proibido de ser homem, ou melhor, é um ser proibido proibindo ser. Nenhum súdito pode arriscar um olho em sua cara ou em qualquer parte de seu corpo. Às vezes conseguimos vislumbrar um final de manto arrastando as pedrarias num pedaço de rua. Hem? Que tal? Minimus, o Grande, foi um dos maiores acrobatas daquele tempo. Uma noite, agarrou-se num trapézio, deu um salto de mestre e se estatelou de pé, no picadeiro, diante do soberano. Cara a cara. Foi um feito tão extraordinário quanto inútil. O heroísmo durou apenas um segundo, o primeiro. No seguinte, havia uma faca engavetada entre suas costelas e Minimus, o Grande, foi retirado sob uma chuva de vaias. Que tal? Mataram e vaiaram o homem que teve a petulância de encarar a monarquia. Qual teria sido a sensação de Minimus, o Grande? Ninguém soube. Afinal ele tentou ser exceção e acabou regra geral. A obediência ao regulamento. Se algum dia você encontrar a obediência, dê-lhe uma das mãos e ajude-a a atravessar a rua. Que grande merda é a obediência. Enquanto isso, o pierrô branco martelava os três pês: picadeiro, plateia e pensamento. A exceção era o pensamento. Pelo menos ele achava assim. Mas pensamentos também podem ser produzidos em grande escala, para todos os fins e todos os gostos. O pierrô branco não sabia que os pensamentos daquela plateia eram fabricados pelos operários do picadeiro mancomunados com uma grandessíssima safadeza que eles próprios desconheciam porque tinham a caixa craniana mais oca do que intestino de mendigo. A palhaçada geral não passava de uma indústria de cérebros fecais ardendo de curiosidade pela cor da calcinha da bailarina ou por uma trepada ocasional entre o casal de leões durante o ato do domador. As cabeças se fundiam numa só direção e lá uma vez ou outra, um olhar mais audacioso se escondia na distância e piscava uma penumbra na silhueta real. Às vezes, distinguiam-se as pontas negras da coroa e os capacetes da guarda formando um círculo protetor. Quando isto acontecia, o audacioso coçava a coluna vertebral e afugentava o calafrio, tratando de substituí-lo pelo orgulho de pertencer à mesma mistura de água e farinha que servia de pasto aos mestres da *bouffonnerie*, enquanto se articulava o truque da multiplicação. Hem? Que tal? Vamos prosseguir? Ou vamos guardar um minuto de silêncio em memória dos artimanhosos palhaços prostituídos em nome da destruição sistemática de todos os pierrôs brancos? Quem é pierrô branco só tem dois caminhos: miolo de pão ou pão sem miolo. É questão de escolha. O pê de plateia era feito da massa do pê de padaria, prostíbulo, pestilência, putrefação, pobreza, pânico, pavor, provisório, preguiça, pândega, proselitismo, paciência. Um pê petrificado na própria podridão. Mas restavam dois: o de picadeiro e o de pensamento. O pê de picadeiro eliminava-se facilmente, pois era ele que produzia o pê de plateia. Hem? Que tal? Sobrava o pensamento. Um pê solitário entre tantos pês putrefatos. O único ainda invisível e por isso mesmo intocável. Pensamento e purificação. O pê da procura, do provável e do possível. O pierrô perdia-se por não perceber os efes perdidos nos pês. A fraqueza e a falha do pensamento solitário. O pierrô era o núcleo da molécula cujos átomos seriam as esferas de metal colorido. Nunca teria feito o que fez ou pelo menos tentou, se tivesse um minuto de burrice. Na noite em que seu pensamento derramou uma gota de luz na arena, as retinas da plateia, habituadas à escuridão, se ofuscaram e o pierrô despertou do sonho sob os olhares acusadores de meia dúzia de idiotas. A guarda do rei havia levado o Corsário. Ah, o Corsário. Aqui sou obrigado a rir porque foi uma piada e tanto. O Corsário. Um *clown* inofensivo que vivia com a boca fechada. Entrava no final do ato puxando um cachorro de pano. De repente, estufava a barriga e expelia um jato d'água nas arquibancadas. Disseram que lá pelas tantas apareceu um oficial com a ordem de prisão. Mas o homem afirmava que a ordem era só pró-forma, para averiguações e que, na manhã seguinte, o Corsário estaria de volta. O diabo é que se passaram três dias e o Corsário não deu as caras. O pessoal silenciava a acusação sobre o pierrô branco. O Corsário andava grudado nele, mas era da cabeça do pierrô que a luz gotejava. Hem? Que tal? A primeira complicação do pierrô branco. Foi muito cômico. De noite, depois do espetáculo, ele se apresentou à guarda do rei e se confessou responsável por qualquer irregularidade no comportamento do Corsário. A guarda sorriu e o pierrô lá se foi, com a aprovação da comparsaria. Que tal? Foi um ato de bravura, desprendimento ou estupidez? Como vê, a grande obra nem chegou a ser iniciada. Perdoe a repetição, mas que merda é a obediência. Tudo isso para quê? Para atravessar uma infinidade de salas e corredores imundos, e ficar de pernas bambas diante de uma gaveta aberta, com o corpo do Corsário, nu, muito magricela, todo chamuscado de manchas roxas, os órgãos achatados, passados a ferro de engomar, a cara pintada de pó de arroz e sangue. Uma coisa cretina.

É ou não é para achar graça? Então esfregaram as bochechas do pierrô na careta do Corsário e berraram: viu? É assim que acabam os heróis. Herói, o Corsário. Um infeliz que vivia de boca fechada. É uma anedota. Herói só porque morreu sem denunciar o pierrô branco? Ora, não me amolem. O Corsário era surdo e mudo. Mas o medo não deixou que eles descobrissem um fato tão simples. Uma vez, Legrand falou sobre o medo das feras. Quando um leão está com medo não é hora de se iniciar um ato de domação. Uma fera amedrontada é mil vezes mais perigosa. Palavras de Legrand. O medo propicia a crueldade. O pierrô viu isto nas pupilas arregaladas do Corsário morto. Olhou os homens da guarda e não viu um homem da guarda. Viu o pavor tremulando por trás dos uniformes e compreendeu que não era hora de começar um ato de domação. Pela manhã foi apresentado ao senhor do capuz negro e talvez por não ser surdo-mudo surgiu uma grande amizade entre os dois. Hem? Que tal? A primeira fase durou pouco. O pierrô voltou às esferas sonoras. Infelizmente não conseguiu mais ser o mesmo. No fim de algumas noites a escuridão tornou a misturar as caras da plateia e o descontentamento se alimentou de repetições. Houve mudança nas cores das guarnições. Novamente o pensamento deu voltas e novamente o pierrô se viu à frente do capuz negro. Veio outra monarquia e restituiu as esferas de prata. Dessa vez o pierrô não aceitou. Daí em diante não aceitava nada. Acabou ficando na companhia do amigo do capuz. Um belo dia deixou de ser pierrô branco e recebeu dois registros: o de número um e o de baixo cantante. Hem? Que tal?

O hotel*

Para meu marido, o hotel nunca foi a causa principal de nossas desventuras. Não sei se ele continuaria pensando assim depois de ontem. As informações sobre o hotel obtidas antes do casamento acenavam com peixes mergulhados em molhos obscenos, com sete geleias no café da manhã, com praias gigantescas e, principalmente, com preços microscópicos. Além disso, alguém teria elaborado um comentário especial à simpatia do gerente, fato que não chegamos a comprovar no primeiro dia, devido à pressa com que nos atiramos ao banho: as treze horas de viagem sob um sol de quatrocentos graus positivos só se apagariam sob um chuveiro de outros tantos negativos. Não foi bem o que ocorreu, uma vez que a água além de morna era escassa. Em todo caso, foi o suficiente para devolver ao cérebro a sensação paradisíaca sempre bem-vinda em luas de mel. Depois, no restaurante do terraço, se não chegamos a vislumbrar o gerente, tivemos nosso peixe de sabor fescenino, conjugado às taças de vinho necessárias ao sono de dez séculos, que não experimentávamos há dez milênios.

* Este conto foi proibido pela censura em 1972.

Às onze da manhã, sentimos de perto as vantagens de uma praia particular. O proprietário ou talvez o gerente simpático seriam os responsáveis pela construção dos muros de pedra que limitavam a faixa de areia correspondente à extensão ocupada pelo hotel. Comentei que desse modo evitava-se a invasão de intrusos, tão desagradável quanto comum em praias de frequência livre. Meu marido riu e disse que os hóspedes não deixavam de ser intrusos. Logo tentei provar que nossa qualidade de clientes do mesmo estabelecimento reduzia-nos todos a um só grupo social. Afinal, formávamos uma comunidade. Meu marido deu um bocejo em cima do meu sociologismo e se jogou na água. Acendi um cigarro e me estirei na areia. Enquanto fumava, meu olhar deu um passeio entre as nuvens, procurando identificar narizes, bocas, perfis. Mas a única forma humana que se apresentou foi a figura de um dos empregados da portaria. Percebi que ele queria falar comigo e me levantei. Sua voz era tímida, quando pediu que me deitasse dois metros adiante do local onde estivera deitada antes. Não compreendi e perguntei a razão da mudança. O funcionário fez uma inspeção lateral meio amedrontada e explicou que se tratava de ordens do novo gerente, e ele preferia não discutir. Garantiu que os outros banhistas também teriam de se afastar dos muros, acomodando-se mais ao centro da praia. Quando meu marido voltou, não reparou as novas posições do grupo social.

Às duas horas, comemos um sanduíche com suco de laranja e fomos para o quarto tentar uma sesta, caso a lua de mel permitisse. Acordamos às oito da noite com o pensamento dominado pelas obscenidades do peixe da véspera. Rimos da cumplicidade gastronômica, continuamos a rir debaixo do chuveiro e corremos para o terraço. Mas o garçom fingiu ignorar nosso pedido e nos sugeriu costeletas defumadas com *paté* de maçãs trufado. Meu marido achou que o empregado não tinha ouvido a ordem e repetiu num tom mais elevado o nome do peixe com os tais temperos indecentes. O garçom fiscalizou as adjacências com o mesmo temor do outro funcionário na praia, e nos segredou que o gerente havia proibido o prato. Para evitar aborrecimentos, aceitamos as costeletas com maçãs. No final, acabamos concordando com a proibição do peixe. A sugestão era tão superior que nos levou a um bis na terceira noite. E só não tornamos a repetir na quarta, porque o mesmo garçom assustado nos confessou outra proibição. Mas ainda havia nove opções no cardápio e nosso apetite se satisfez numa alternativa de pato assado ao molho de gengibre.

Entretanto, na manhã seguinte, não nos foi facultado o mesmo número de alternativas do restaurante: duas cordas amarradas em estacas de madeira tosca estreitavam a praia numa ruela de três metros de largura. As pessoas se amontoavam nos limites estabelecidos pelo gerente. A princípio permaneciam em silêncio. Depois, ficavam radiantes e passavam a inventar pilhérias a respeito das proibições. Foi a partir daquele momento que eu comecei a sentir medo. Meu marido conseguia transmitir a indiferença que a situação lhe inspirava, mas meu pânico surgiu, porque as atitudes do gerente não terminaram com a redução da praia. Do sétimo dia em diante só podíamos sair do quarto para o café da manhã. Sem as geleias, é claro. Depois, nem isso.

A prisão definitiva começou num domingo. Às sete horas, um garçom bateu na porta e nos entregou uma bandeja com duas xícaras, café, leite e dois pães sem manteiga. Avisou que era melhor não descermos à sala de chá porque estavam fazendo uma limpeza geral no hotel e que o impedimento duraria até segunda-feira. Meu marido pegou a bandeja, agradeceu e fechou a porta. Mas em seguida suspirou e se declarou satisfeito: a explicação parecia correta e ainda nos restavam a cama e a televisão. Na hora do almoço a cena se repetiu. Dessa vez havia feijão, arroz e dois pedaços de carne ensopada. Não consegui comer. Meu marido me lançou uma condenação pelo fastio e devorou minha parte.

Na segunda-feira de manhã, não nos deixaram sair do quarto: ainda precisavam de alguns dias para completar a arrumação. De tarde, apareceram dois carregadores e levaram o aparelho de televisão. Meu marido sorriu, piscou o olho e apontou a cama, com uma dose de malícia. Telefonei para minha mãe e tentei resumir os acontecimentos, falando na língua do pê. A ligação foi interrompida e alguém me repreendeu pelo emprego de códigos ao telefone.

Naquela noite, na bandeja do jantar havia uma folha datilografada. A gerência pedia que não praticássemos relações sexuais com as janelas abertas, para não ferirmos a moral de alguém que nos observasse casualmente. Meu marido desviou o olhar do meu e notei que dessa vez ele não tinha explicações. Não chegamos a discutir, mas formou-se entre nós uma barreira de tédio. Durante a noite não dormimos nem trocamos palavra. Às seis da manhã, ele telefonou para a portaria e pediu a conta. Senti um alívio e comecei a arrumar as malas. Mas às oito horas a portaria nos aconselhou aguardarmos uns três dias, tempo necessário à contratação de outro contador, porque o antigo havia praticado certas desonestidades e tinha sido afastado. Meu marido se jogou na cama, as pupilas imóveis, grudadas ao teto. Fui até a janela e reparei que a praia estava deserta e cercada de cordas e estacas. Meu coração perdeu o ritmo.

Pareceu-me que não poderia mais me apoiar na indiferença bem-humorada de meu marido. O pavor contaminou os intestinos e corri para o banheiro. Ao sair, pressenti uma gota de piedade nos gestos dele. Suas mãos nos meus cabelos fizeram com que meu pranto se soltasse e se dilatasse num desespero quase tranquilizante. Mas num segundo a revolta tomou conta do ambiente e ele se dirigiu à porta, ainda fechada só com o trinco, abriu-a e saiu.

Quando trouxeram o almoço, ele ainda não havia voltado. Esperei toda a tarde. Às cinco horas liguei para a portaria e me garantiram que estava tudo bem, que meu marido ficara um pouco nervoso, mas que já havia sido medicado. Sentei-me numa poltrona e procurei relaxar, para ver se controlava os tremores. Finalmente, depois das onze, trouxeram meu marido. Estava dormindo. Colocaram-no na cama e eu, para não acordá-lo, acabei adormecendo na poltrona.

Pela manhã, ele se encontrava na mesma posição. Foi aí que eu vi, com absoluta clareza, as três perfurações: uma no rosto, logo abaixo do olho esquerdo, e duas um pouco acima do estômago.

Sei que meu marido nunca mais se levantará. Mas eu vou levantar. Por enquanto, é só o que posso fazer.

MURILO RUBIÃO

O pirotécnico Zacarias

Publicado pela primeira vez na revista *O Cruzeiro*, ano XV, n. 23, 3 abr. 1943.

O ex-mágico da Taberna Minhota

Publicado pela primeira vez no livro *O ex-mágico*. Rio de Janeiro: Universal, 1947.

Teleco, o coelhinho

Publicado pela primeira vez no livro *Os dragões e outros contos*. Belo Horizonte: Movimento Perspectiva, 1965.

JOSÉ J. VEIGA

Os cavalinhos de Platiplanto

Publicado pela primeira vez no livro *Os cavalinhos de Platiplanto*. Rio de Janeiro: JCM, 1959.

A usina atrás do morro

Publicado pela primeira vez no livro *Os cavalinhos de Platiplanto*. Rio de Janeiro: JCM, 1959.

Acidente em Sumaúma

Publicado pela primeira vez no livro *A estranha máquina extraviada*. Rio de Janeiro: Civilização Brasileira, 1967.

CAMPOS DE CARVALHO

Os trilhos

Publicado pela primeira vez na revista *Senhor*, ano 2, n. 1, jan. 1960.

Espantalho habitado de pássaros

Publicado pela primeira vez no livro *Os dez mandamentos*. Vários autores. Rio de Janeiro: Civilização Brasileira, 1965.

VICTOR GIUDICE

O arquivo

Publicado pela primeira vez no livro *Necrológio*. Rio de Janeiro: O Cruzeiro, 1972.

A peregrinação da velha Auridéa

Publicado pela primeira vez no livro *Necrológio*. Rio de Janeiro: O Cruzeiro, 1972.

Narrativa do número um

Publicado pela primeira vez no livro *Os banheiros*. Rio de Janeiro: Codecri, 1979.

O hotel

Publicado pela primeira vez no livro *O Museu Darbot e outros mistérios*. Rio de Janeiro: Leviatã, 1994.

Este livro foi composto com tipografia Bembo e impresso
em papel Off-White 80 g/m² na Assahi.